Lisi Schuur
und
Eike M. Falk

Das Haus hinterm Deich

Herstellung und Verlag:
BoD - Books on Demand, Norderstedt

© 2016   Lisi Schuur und Eike M. Falk

ISBN 978-3-7412-7465-7

Allein hinterm Deich

Ich bin gerne allein.
Ich bin gerne bei den Menschen.
Das kommt so ziemlich auf eins hinaus.
Die Menschen beachten uns nur wenn wir viele sind und krakeelen.
Dann schimpfen sie.
Mehr aber auch nicht.
Wir sind sakrosankt.
Das heißt soviel wie heilig.
Die Heiligen des Meeres.
Ha ha! Ausgerechnet.
Aber stimmen tut es irgendwie schon.
Weil, was wäre denn das Meer ohne uns.
Wenn wir uns nicht auf den Wellen schaukelten.
Was wären der Himmel und die Wolken, wenn wir ihnen nicht die entscheidenden Bewegungstupfer verliehen.
Jeder weiß das.
Auch wenn es nicht jedem gleich in den Sinn kommt.
Darum sei es jetzt ausgesprochen.
Damit es klar ist ein und für alle mal.
Und was mich betrifft, ich bin nicht nur sakrosankt, ich bin auch einsam.
Eine einsame Möwe beachtet sowieso kein Mensch.
Die läuft so nebenher.

Das tu ich.
Weil ich es so will.
Weil ich nicht mehr lange leben werde.
Also habe ich mich von den anderen abgesetzt.
Manchmal fliege ich noch zur Sandbank hinaus.
Manchmal auch zum Hafen. Wenn die Krabbenfischer einlaufen.
Manchmal habe sogar ich noch meinen Spaß am Krakeel.
Aber auf die Dauer ist es zu viel Stress. Und Stress ist ungesund. Schlecht für die Schilddrüsen ...
Was für einen Quatsch ich rede. Wo ich doch sowieso bald sterben werde. Aber egal.
Mit dem Tod vor Augen hinterm Deich.
Allein. Und bei den Menschen.
Hier gibt es keinen Stress. Nichtmal mit den Krähen.
Ein Blick.
Und sie wissen genau, dass ich ihnen gehöre.
Ihr kriegt mich aber erst mit den Februarstürmen.
Wenn überhaupt. Ich überleg mir das noch.
Und flieg jetzt rüber zum Priel. Ein paar fette Würmer angeln.
Der Wind bläst wie eine Gewitterziege.

So ist das!

So ist das!
Das hat er immer gesagt. Wie oft hat es mich aufgeregt. Einfach dieser Satz von ihm, und mehr nicht.
Und jetzt?
Ich sitze hier am Ende der Welt, und muss sehen wie ich klarkomme.
Bastian, mein geliebter Mann ist gestorben. Ohne große Vorankündigung. Sein Herz setzte aus.
Es passte zu ihm. Bis zuletzt. Ohne viel Worte zu machen. Einfach so.
Alles hatten wir für unseren Traum getan.
Unser Haus am Niederrhein verkauft. Ersparnisse waren keine da. Wovon auch? Hatten wir doch alles Verdiente in die Verschönerung des Hauses gesteckt.
Bis wir uns beide klar wurden, dass es uns ans Meer zog. Unbedingt.
Das Meer hatte uns die schönsten Stunden bisher beschert. Es entließ uns immer gutgelaunt.
Und diese gute Laune brauchten wir dringend. Es waren soviel Missgeschicke passiert in unserem gemeinsamen Leben. Es konnte nur besser werden. Wir würden uns beide nur noch wohlfühlen.

Unsere Pläne behielten wir für uns. Kein Wort zu unseren Freunden. Viele waren es ohnehin nicht.

Sebastian legte nie Wert auf Freunde.

'Wenn es drauf ankommt, ist man sowieso allein. Sie kommen nur, wenn sie was wollen. Sobald man Hilfe von ihnen braucht, sind sie verschwunden. Selbst ist der Mann. Immer so gewesen.'

Das waren auch solche Sätze von ihm.

Jedenfalls haben wir das Haus gekauft. Das renovierungsbedürftige, heruntergekommene Haus hinterm Deich, an der Nordsee, wo sonst.

Und das Unmöglichste haben wir getan. Wir sind hierhergezogen, ohne die Renovierung abzuwarten.

Weil es nicht anders ging. Unser Hausverkauf war schwierig genug. Wir mussten mit dem Preis runtergehen. Der Makler, anfangs noch freundlich, ließ uns immer mehr spüren, dass wir keine Villa zu verkaufen hatten, sondern nur ein Haus ohne Luxusklasse. Kategorie: Einfach.

Und das Einfache brauchte sehr lange, bis es einen zahlungswilligen Käufer fand.

In der Zwischenzeit verhandelten wir mit dem Verkäufer dieses Deichhauses. Er verlor langsam die Geduld.

Als es endlich gelungen war, zogen wir zwar entnervt, doch voller Hoffnung auf das großartigste Leben überhaupt, in diese Einöde. Ein bewohnbares Zimmer genügte uns. Und unsere gesamten Möbel und alle sonstigen Klamotten, brachten wir in dem angebauten Schuppen unter.
Bis die übrigen Räume hergerichtet waren, würde es schon gehen.
Und dann....
Wie schön blau der Himmel ist. Gleich geh ich zum Meer. Zuallererst.
Hier kann ich denken und abschalten gleichzeitig. Nicht wie früher. Aber doch.
Und ich werde nach ihr suchen.
Es ist nämlich so, dass ich jemanden gefunden habe, mit dem ich mich unterhalte.
Menschen sind hier Mangelware. Mein nächster Nachbar wohnt weit entfernt. Eigentlich ja nicht. Sein Haus liegt ein paar Meter von mir entfernt. Nur ist er nie da.
Er benutzt sein Haus als Ferienhaus. Und deshalb seh ich ihn höchst selten. Soviel Ferien hat ja auch niemand.
Trotzdem unterhalte ich mich. Es geht ja nicht immer mit Bastian. Obwohl er mir ja nahe ist. Ich muss nur an ihn denken, dann unterhalten wir uns. Er spricht mit mir. Nicht viel. Aber ist ja klar. Er war zu

Lebzeiten wortkarg. Warum sollte er sich geändert haben?
Es ist eine Möwe, mit der ich mich unterhalte.
Ob das geht?
Und wie!

Das Haus hinterm Deich

Von wegen der Schilddrüsenfunktion ...
Alsoooo - damit gibt es ohnehin keine Probleme.
Ob mit oder ohne Stress.
Weil - bei uns schweben die Jod S11-Körnchen sozusagen in der Luft.
Man braucht nur tief durchzuatmen.
Eine anständige Portion Jod könnte sie auch vertragen, finde ich.
Ich meine die Menschenfrau, die vor dem Haus vom alten Hansen steht.
Mir war lange Zeit gar nicht aufgefallen, dass da wieder jemand eingezogen ist.
Das Haus stand seit letztem Jahr leer.
Davor haben polnische Saisonarbeiter drin gewohnt, die zur Kohlernte zu uns kamen.
Das Haus war völlig heruntergekommen.
Oft hab ich da nicht vorbeigeschaut, es gab ja nichts mehr zu holen dort.
Bis ich eines Tages die Frau entdeckte.
Die stand vor dem Haus und raufte sich die Haare.
Ich würde mir auch die Federn rupfen, wenn ich in so einem Haus wohnen müsste, dachte ich, und bin neugierig nähergeflogen.
Sie hat mir zugewunken und allerlei gerufen und erzählt.

Ich hab aber erstmal einen auf Unbeteiligt gemacht. Ist nicht gut einem Menschen gleich so um den Hals zu fallen.
Aber wie sie mir zugewunken hat ... ich hab es kaum fassen können. Man winkt einer Möwe nicht zu, man winkt ihr hinterher.
Kleine weiße Möwe ...
Ich werde es ihr bei Gelegenheit mal erklären.
Vielleicht wäre jetzt, wo ich vom Priel zurückkomme, die passende Gelegenheit.
Sie steht da vor der Tür und sieht ziemlich zerknittert aus. Wahrscheinlich ist sie eben erst aufgestanden.
Darum das Jod.
Tieeeeef durchatmen ...
Ja. Genau so.
Gut macht sie das.
Und schön strecken.
Alsooo - für eine Menschenfrau sieht sie ganz passabel aus.
So etwa in meinem Alter, würde ich mal sagen. Im übertragenen Sinne. Umgerechnet, meine ich.
Bei den Menschen muss man das Doppelte von meinem Alter draufpacken. Eher noch etwas mehr.
Na schön - ganz so alt wie ich ist sie vielleicht doch noch nicht.

Sie wird die Februarstürme ganz bestimmt überleben.
Wobei - festgelegt hab ich mich ja noch nicht. Nöööö, durchaus nicht.
Ich bin 30 Jahre alt. Das weiß ich, weil, als ich ein Küken war, alle ein Riesengeschrei wegen Tschernobyl veranstaltet haben.
Mit 'alle' meine ich natürlich die Menschen. Dass man dies nicht essen sollte, und das nicht. Also haben sie es weggeworfen, und wir haben uns den Wanst gefüllt.
Wahrscheinlich hab ich deshalb so spät erst fliegen gelernt. Weil ich so fett war. Ich hab gedacht, ich könnte, und bin gesprungen. War aber nicht. Zumindest hab ich eine weiche Landung im Gras hinbekommen.
Unsere Kolonie war auf dem Flachdach eines Hotels gelegen. Sehr praktisch. Auch für mich. Weil, als ich einmal unten war und nicht mehr hochkonnte, haben mich die Küchenleute aufgepäppelt. Darum meine besondere Beziehung zu den Menschenwesen. Will sagen - sie sind mir nicht unsympathisch.
Die Frau schon gleich gar nicht. Offen gestanden - sie interessiert mich schon sehr. Sie scheint fremd hier zu sein und kennt sich nicht aus. Sie hat mir schon wieder zugewunken.

Einen Mann scheint sie auch nicht zu haben. Eine Witwe vielleicht. So wie ich eine bin. Der Meinige hat schon vor Jahren das Zeitige gesegnet. Ja, so ist das mit den Kerlen.
Ich flieg mal zu ihr hin.

Eine Bekanntschaft

Da ist sie ja. Was sie wohl schon alles gesehen hat. Auf jeden Fall mehr als ich. Sie hat es ja einfach.
Sitzt da. Langweilt sich. Überlegt kurz. Und schon steigt sie auf.
Das kann ich ja nicht. Und ich weiß gar nicht, wie alt Möwen werden können. Ich nehme an, dass sie noch jung ist. So alte Möwen sehen ganz anders aus. Irgendwie abgeklärter. Grübeliger.
Sie aber ist nicht abgeklärt. Sie grübelt auch wahrscheinlich nicht.
Sie weiß nicht mal, was das ist.
Sie schreit herum, und lacht, und hat viele Freunde. Klare Zeichen für Jungsein.
Im Moment ist mir nicht danach. Ich bin ja sowieso nicht mehr jung. Ab einem gewissen Alter kann man machen was man will.
Man denkt sich in sich zurecht. Altersgerecht. Denk ich jedenfalls.
Bastian hat mich immer nur angesehen, wenn ich sowas in der Richtung von mir gegeben habe.
'Du kannst es immer besagen', meinte er nur, und schüttelte den Kopf.
Besagen, auch so ein Wort von ihm.

Mist, mir ist so richtig nach Heulen. Nein, stimmt gar nicht. Ich muss weinen. Das ist etwas anderes.

Hier hört mich keiner, wenn ich die Nase hochziehen muss, die Tränen sind schuld daran.

Und die Möwe stört sich nicht daran. Sie heißt Emily. Ich nenne sie so. Innerlich. Nach außen hab ich mich noch nicht getraut. Ich kann doch nicht Emily rufen. Oder doch? Wie albern das ist.

Du kannst ganz schön albern sein. Hat Bastian zu mir gesagt. Er war nie albern. Er hätte niemals eine Möwe Emily genannt. Ich finde es nicht albern. Es ist doch schön. Wenn die Möwe Emily ist. Dann kann ich persönlicher mit ihr sein. Praktisch kann ich mit ihr menscheln.

Ich wag mich jetzt einfach. Sie scheint mir heute zutraulicher als sonst.

Emily, Emily komm zu mir. Auf meine Hand. Aber ausnahmsweise darfst du auf meinen Kopf.

Dann kannst du dich besser entscheiden, ob ich dir gefalle. Ich seh dir nicht in die Augen. Ich kann dich dann gar nicht ansehen. Du sitzt ja auf mir, über mir.

Emily, darf ich dich so nennen? Ich wäre so froh. Und weißt du, ich verrate dir meinen Namen. Ja?

Ich bin Sophia. Aber alle nennen mich Pia.
Ob ich mich trauen soll? Ich kann es ja leise sagen.
Emily, ich bin Pia. Gut, dass es niemand hört. Sie fänden es alle lächerlich.

Emily erklärt sich

Als ich eine Jungmöwe war, bin ich in die Ferne gezogen. Das ist normal so bei uns.
Sich mal ordentlich austoben. Die Spannweite erproben. Man fühlt sich endlich erwachsen und erhaben über die Welt. Flaum abwerfen heißt die Devise. Also geht das los. Bis in die große Stadt bin ich geflogen. Nach Hamburg hin. Zwei Jahre bin ich geblieben. Dann hab ich es nicht mehr aushalten können und kehrte zurück.
Ganz schön langweilig ist es gewesen, das muß ich schon sagen. Zu viele Menschen. Und die Menschen sind viel weniger spannend als sie selber von sich glauben. Sie sind so vorhersehbar. Das macht es zwar leicht mit ihnen auszukommen, doch die Spannung geht flöten.
Das haben die Stadtmöwen total anders gesehen. Denn Stadtmöwen gibt es auch. Die haben damit angegeben, wie geschickt sie durch die Straßenschluchten jagen konnten. Klar, ich hab auch mitgemacht, und es war ein geiles Gefühl. Aber die Angeberei damit fand ich affig. Heute seh ich das nicht mehr so streng. Es war ihre Heimat, und sie waren stolz darauf. Heute verstehe ich das. Damals hatte ich die Nase

voll. Außerdem hatte ich Heimweh. Also bin ich zurückgeflogen. Und habe nie mehr daran gedacht woanders wohnen zu wollen.
Ich bin eine Möwe, die zum Meer gehört. So einfach ist das. Und immer noch so.
Auch wenn ich mich hinter den Deich zurückgezogen habe. Manchmal fliege ich alleine hinaus. Nicht auf die Sandbank zu den anderen allen. Etwas abseits, damit niemand meine Tränen sieht. Möwen können nämlich auch weinen. Es ist nicht so, dass ich mich dafür schämen würde. Aber meine Tränen sind nur was für mich. Meine Melancholie. Sie gilt dem Meer. Es wäre schade, wenn ich es nicht mehr sehen, fühlen, schmecken könnte.
Ich bin eine Möwe, und das bedeutet - ich denke anders als ein Mensch.

Demut liegt nur eine Flügelspanne
vom Hochmut entfernt
dazwischen fallen Regentropfen
während die Hoffnung wächst
lauert Vergeblichkeit im Hinterhalt

Die Trübung erkennen
wenn zwischen zwei Windböen
ein Schatten über dem Sand steht

das Schwere liegen lassen
und in Leichtigkeit fliegen

Wenn Nebel niedersinkt
bleibe am Boden
der Nebel vergeht
wenn der Nebel sich zeigt
fliege hinaus aufs Meer

Ich bin eine Möwe. Und wenn ich mit einem Menschen sprechen will, muss ich denken wie ein Mensch denken könnte.
Ich weiß nicht, ob es funktioniert.
Sie spricht zu mir, die Menschenfrau. Und sie denkt, dass ich sie nicht verstehen würde, wünscht es sich aber.
So sind sie, die Menschen. Schwierig.
Und traurig ist sie auch. Nicht melancholisch, so wie ich. Sie ist richtig tief traurig. Aber ich sehe Licht in ihren Augen. Sie denkt, dass man einer Möwe nicht in die Augen schauen darf. Sie weiß nichts. Weil sie ein Mensch ist. Ich werde ihr helfen müssen. Sie heißt Pia. Und mich hat sie Emily getauft. Immerhin. Sie hat verstanden, dass ich eine Frau bin. Vielleicht hat sie es auch nur gefühlt. Nein, das wäre ja viel, viel besser. Wenn sie es gefühlt haben sollte, wären wir auf dem richtigen Weg.

Und der Name gefällt mir auch sehr gut.
Emily. Das hat einen schönen Klang. Ich versuch es mal auszusprechen. Auf meine Weise ... e h Hh r aa !!!
Schwierig. Aber ich arbeite daran.
Und jetzt begleite ich sie ans Meer.
Dort will sie nämlich hin.
Da bin ich aber mal gespannt.

Pia spricht

'Emily' hab ich gesagt, und sie ist nicht weggeflogen. Auch auf meinen Kopf nicht, oder meine Hand. Sie hat sich auf einen Holzpflock gesetzt. Gleich neben mir steht er. Und wir haben uns angesehen.
Tatsächlich. Es ging. Ganz lange sogar. Und dann hat sie was gesagt. Das hörte sich an wie 'Emily'.
Und danach hat sie gelacht. Sie ist übrigens eine Schöne. Sie hat einen weißen Körper und graues Gefieder. Und einen roten Schnabel. Das bedeutet, sie hat schon geschnäbelt. Also, soll heißen, dass sie geschlechtsreif ist. Das hat mir Bastian mal erklärt. Und das hab ich sogar behalten.
Ob sie einen Mann hat? Ich weiß es nicht. Sie ist immer allein, wenn ich sie sehe.
Ach so, vielleicht ist sie ja ein Mann und keine Frau. Wie komm ich nur darauf, dass ich denke, sie wäre weiblich?
Aber nein. Da ist so ein Gefühl in mir, das sagt mir, dass Emily eine Frau ist. Sie hieße ja sonst auch nicht Emily. Eben.
Ich muss schon wieder weinen. Weil ich so unlogisch bin. Und weil doch Bastian nicht mehr da ist. Ich würde es jetzt zugeben, wenn er mit meiner Logik anfängt. Es ist doch egal. Ich geb ihm Recht. Dann freut er

sich. Und mir ist es jetzt nicht wichtig, Recht zu bekommen. Bin ich eben unlogisch. Hauptsache, er wäre wieder neben mir.
Emily sieht mich so an. Sie liest meine Gedanken. Ganz bestimmt.
Ob sie sich streicheln lässt?
Hab keine Angst, kleine Emily. Ich tu dir nichts. Ganz vorsichtig bin ich. Versprochen.
Oh, wie schön. Sie hat sich berühren lassen von mir. Ihren weißen Hals hab ich vorsichtigst mit einem Finger gestreichelt. Aber nur einmal. Ganz kurz.
Sie kennt mich nicht. Und ich mag es auch nicht, wenn man mich betatscht. Und dann auch noch ein Fremder. Das geht gar nicht.
Bastian hat mich gestreichelt. Das war schön. Ich konnte nicht genug davon bekommen.
Und es tut mir so leid. So oft hab ich mich einfach eingerollt, und bin eingeschlafen, obwohl ich versprochen hatte auch zu streicheln.
Wenn er wiederkäme, würde ich ihn immer streicheln. Aber er kommt ja nicht.
Emily, kommst du mit? Es dauert nicht lange. Aber ich muss ans Meer. Da kennst du dich bestimmt so richtig gut aus. Ich nicht. Es ist auch unwichtig.

Ich seh die Wellen und den Horizont und den Himmel. Und natürlich das Watt. Wenn es da ist.
Ich weiß auch nicht so richtig die genaue Himmelsrichtung.
Aber ich nehme an, dass das Meer im Westen liegt. Ja, auch im Norden.
Aber wo ich stehe, sehe ich nach Westen. Wegen der Sonne. Sie kommt doch von links und versinkt dann ganz allmählich.
Das Beste wird sein, dass ich mir einen Kompass zulege.
Da liegt es vor mir. Das Meer. Ich bin überwältigt.
Bin immer überwältigt. So wie Bastian. Er war auch so wunderbar sprachlos, wenn er es sah.
Ob er es jetzt auch sieht? Von oben? Wie ist er dahin gekommen? Nach oben, meine ich.
Wenn ich bei ihm wäre, dann hielten wir uns bei den Händen. Wir nähmen uns in den Arm.
Wir würden erst schauen und schauen. Und dann würden wir uns küssen.
Und dann würden wir uns schubsen und lachen, und ins Wasser fallen. Und ich würde schimpfen. Und dann müsste ich lachen. Und ich würde versuchen ihn unterzutauchen.

Es gäbe ein nettes, kleines Ringkämpfchen. Und hinterher würden wir durchnässt nach Hause laufen. Und uns gegenseitig ausziehen. In dicke Decken würden wir uns einmummeln, und uns aufs Sofa kuscheln. Und Bastian würde Wein holen, und den Vorschlag machen, ob er nicht Glühwein davon machen solle.
Ach Bastian. Ich bin so traurig.
Und Emily kommt ganz nahe zu mir. Sie hat vorsichtig meine Schulter berührt. Und dann ist sie vor mich geflogen, und hat mir zugelächelt. Und ich hab auch ein klein wenig gelächelt.
Und dann ist ein Wunder geschehen.
Sie sitzt auf meiner Schulter. Und ich halte ganz still.

Emily am Strand

Ich bin eine sentimentale alte Tante.
Jawohl, das bin ich.
Sie hätte mich Erna nennen sollen, oder Jolanthe.
Das hätte besser zu mir gepasst.
Emily klingt jung und aufmüpfig.
Das bin ich mal gewesen.
Aber jetzt?
Wenn mich jetzt jemand sehen würde ...
Alsooo - jemand aus der Kolonie, meine ich natürlich.
Aber die sind etwas querab nach Nordwesten hin.
Hier fliegen nur ein paar Seeschwalben rum.
Die sind beschäftigt.
Die sind aber auch geschwätzig.
Wenn die das rumerzählen?
Ach Schiet, das ist aber auch ...
Ich werde alles leugnen.
Weiß doch jeder, wie geschwätzig Seeschwalben sind.
Das haben die doch alles erfunden.
Die wissen doch alle wie taff ich bin.
Jawoll.
Es ist eine Schande.
Möglicherweise verzeihe ich mir das nicht.
Möglicherweise verzeihe ich ihr das nicht.

Also ich werde jetzt mal ... nun ja ... mindestens bis ans Wasser fliegen.
Es ist gerade Ebbe.
Da könnte ich in den übriggebliebenen Tümpeln Krebse fangen.
Einen auf wilde, grausame Möwe machen.
Gesichtswahrung nennt man das.
Die braucht sich gar nichts einzubilden.
Diese Pia.
Ich rausch jetzt ab.
Und werde ihr dabei etwas mit dem Flügel ins Gesicht schlagen.
Aber nur ganz leicht. Und nur, dass sie sieht ...
Ach, was bin ich für eine sentimentale Tante ...
Ach, ich fliege jetzt erstmal ... fliege ...
Ich bin eine Windsbraut. Immer noch.
Und es bereitet keine Schmerzen.
Ganz im Gegenteil. Ich genieße es.
Und die Pia soll sehen, wie gut ich das kann.
Und einen lauten Schrei ausstoßen:
'Hau aau aau au kjiiiau kjau kjau !!!'
Mein Jubelruf. Hier komme ich! Emily.
Na, von mir aus.
So. Da wäre ich.
Immer noch ablaufendes Wasser.
Ich brauch mich nur da hinzustellen.
Da kommt schon einer.

Meiner. Schmeckt.
Ich, die wilde unbeugsame Möwe.
Na, das bin ich.
Kann ich ja auch bleiben.
Na, komm. Gib dir einen Ruck. Denk mal nach.
Sie ist einsam, und ich bin einsam.
Zur Kolonie gibt es kein Zurück.
Dafür bin ich zu alt.
Ich werde nicht mehr lange leben.
Aber leben will ich. Jetzt umso mehr.
Ich werde es schon noch ein Weilchen machen.
Warum sollte ich mir die Zeit nicht sinnvoll vertreiben.
Sie ist fremd hier. Sie braucht jemanden, der sich um sie kümmert.
Und dieser Jemand bin ich. Jawoll.
Da kommt sie über den Sand.
Sie hat sich die Schuhe ausgezogen.
Sie freut sich. Ich kann es bis hierher spüren.
Und ich freu mich mit ihr mit.
Ich flieg mal eine Runde über ihren Kopf.
Und schreie so laut ich kann:
'Au kjiiiau kjau kjau !!!'

Pia am Strand

Ja, flieg du nur. Du LiebeKleineGroße. Und mach ruhig ordentlich Lärm. Dann hör ich etwas anderes als innere Stimmen.
Ich meine, das Meer höre ich sowieso. Innen und außen. Immer wenn ich will.
Und wenn du so eindringlich singst und lärmst - also ich sag jetzt mal 'möwen'dazu - dann kann ich dich auch immer hören. Innen und außen. Perfekt ist das.
Lange kann ich nicht mehr bleiben. Es ist so, dass gleich jemand von einer Firma kommt.
Die machen Sanierungen. Bastian meinte, man müsse sehr aufpassen, was sie unter Sanierungen verstehen. Aber er malte sowieso alles eher schwarz. Andererseits habe ich jetzt nicht mehr viel Geld. Die Dacheindeckung war so teuer. Aber die Hauptsache ist doch, dass nichts mehr reinregnen kann.
Bastian sagte immer: bei den Dachdeckern kann man nicht sparen. Sie wissen, dass die Leute auf sie angewiesen sind. Wer traut sich schon auf's Dach? Also ich jedenfalls nicht. Genau wie bei den Elektrikern. Ich trau mich auch nicht an den Strom.
Die Sanierer sollen mir was von den Leitungen erzählen. Ob sie womöglich

noch aus Blei bestehen. Das wäre fatal. Wegen der Bleivergiftung, die dann auftreten kann.
Was mache ich, wenn ich nicht mehr genug Geld habe. Auch für eine Heizung, die noch fehlt.
Aber, zur Not hab ich Decken, und Bastians Oberbett ist auch noch da. Eigentlich ist es meins, welches allein für sich im Bett liegt. Ich hab mir Bastians Bettdecke genommen. Damit ich ihn noch riechen kann. Wenigstens das. Und ich werde die Bettwäsche ungewaschen aufbewahren. Dann kann sich sein Geruch erhalten.
Ich erzähle es nur dir Emily. Weil ich weiß, dass du dich nicht lustig machst über mich. Hast du dir auch schon mal was versteckt, von jemandem, den du liebst? Oder machen Möwen so etwas nicht?
Vielleicht hast du es konserviert in einem Priel. Da bleibt ja immer Wasser stehen, und das Salz kann ja gerade richtig sein dafür. Oder es ist zu ätzend. Könnte auch, oder?
Ach, Emily. Wie schön, dass du noch bei mir bist. Ich geh zurück zum Haus. Kommst du mit?

Seelenschwestern

Der Sand verläuft sich wellig.
Die ablaufende Flut hat ihn feucht und festgebacken zurückgelassen.
Ein Abbild des Meeres, ein Hinweis.
Seht her, will es uns sagen, das bin ich, hier war ich, hier werde ich wieder sein.
Das Meer ist sehr bestimmt und bestimmend in seiner Art.
Das Meer denkt seine eigenen Gedanken und träumt seine eigenen Träume.
Manchmal, doch nicht sehr häufig in unserem Leben, schenkt uns das Meer einen Gedanken.
Manchmal, aber seltener noch, schenkt es uns einen Traum.
Es ist jedesmal etwas sehr besonderes.
Wir Möwen wissen das.
Und ich weiß nicht, ob Menschen wie Pia das auch wissen, oder überhaupt verstehen könnten.
Wir Möwen wissen, welch kleine Geschöpfe wir sind.
Auch die Menschen sind nur sehr kleine Geschöpfe.
Das Meer aber ist groß.
Es war vor mir. Es wird sein, wenn ich nicht mehr bin.

Wenn ich mich ein letztes Mal in den Himmel aufschwingen werde.
Wenn eine Möwe stirbt ...
Manche sagen, dass man das Meer sehen könnte, von dort aus, wo eine Möwe sein wird, wenn sie gestorben ist.
Ich finde, das ist ein trauriger Gedanke.
Das Meer zu sehen, ohne sich hineinstürzen zu können.
Ich glaube, ich werde mich hinter den Wolken verkriechen, wenn es so sein sollte.
Aber jetzt möchte ich gar nicht mehr darüber nachdenken.
Nein, ich werde nicht sterben.
Alsooo - jetzt noch nicht.
Sterben muss ich natürlich schon, ich bin ja nicht das Meer.
Aber wir Möwen können es uns aussuchen wann es soweit sein soll.
Und ich hatte mir überlegt, dass dieser Winter mir passend sein könnte.
Es wird ein strenger Winter sein.
Auch das ist etwas, was wir Möwen vorhersehen können.
Dieser Winter wird hart. Dieser Winter wird mich noch schwächer machen, als ich ohnehin schon bin.
Und ich habe mir gedacht, wenn er zu Ende geht, dann lege ich mich auf die große Düne hin, und warte ...

Und in zwei Tagen wäre es vorbei.
Aber ich werde leben.
Weil ich Pia gefunden habe.
Es ist doch verrückt.
Da stapft sie durchs Wasser.
Bohrt ihre Füße in den Sand. Wirbelt ihn auf. Und lacht dabei.
Und ich stoße aus der Luft herab, lande dicht neben ihr, und schaukele mich auf den Wellen.
Ich lache auch.
'Keah!', rufe ich, 'Keah!' Ganz laut.
Ich lache. Und sie lacht zurück.
Ob wir wohl Seelenschwestern sind?
Nun wühlt sie das Glitzerding, eines von denen, wie sie die Menschen so oft in der Hand halten, aus ihrer Jacke und blickt darauf.
Und wirkt ganz erschrocken.
Sie zögert einen Moment, dann dreht sie sich um und geht zurück zum Strand.
Sie schaut zum Deich hinauf.
Sie sagt etwas, das ich nicht hören kann.
Sie spricht gegen den Wind.
Das muss sie auch noch lernen. Mit dem Wind zu sprechen.
Aber ich verstehe schon. Sie will nach Hause.

Na schön, wenn sie meint.
Ich werde sie begleiten.
Auf jeden Fall.

Möwen lernen

Der Weg ist nicht weit. Das ist schon toll. Viel näher kann man dem Meer nicht sein. Und darum werde ich alles versuchen, hier wohnen zu bleiben. Eine gute Freundin versucht mich immer zu überzeugen, dass es besser sei, alles zu verkaufen. Aber ich wehre mich dagegen. Das wäre ja auch wie ein Verrat. Finde ich jedenfalls.
Emily hat ihr Möwen eingestellt. Sie fliegt mal ein Stück vor und dann wieder zurück. Bestimmt ist es ihr langweilig. Es geht ihr nicht schnell genug.
Ach, so eine bist du. Na, warte! Ich kann auch schneller. Das letzte Stück werde ich laufen so schnell ich kann. Also richtig rennen.
Ooops, ganz schön aus der Puste. Aber egal. Das werde ich jetzt täglich machen.
Und dann Emily, kommst du aus dem Staunen nicht mehr raus. Von wegen: sie schläft sicher gleich ein beim Laufen. Von wegen.
Bastian hätte jetzt gesagt, denk daran, du bist eine zwanzig mehr. Es ist typisch für dich, gleich fällst du hin.
Nur, weil ich einmal gefallen bin. Gut, ich hatte es schon übertrieben. Weil ich ein bisschen getrunken hatte, auf einer Party,

klappte es nicht so recht beim Tanzen. Das heißt, ich wollte den Schwierigkeitsgrad beim Limbo erhöhen, und bin dann vor Lachen umgefallen.
Sicher, danach war es nicht mehr lustig. Mein Knie schwoll an. Es tat mir weh. Und ich wollte doch nach der Party alles aufräumen. Das fiel flach, und Bastian hatte die ehrenvolle Aufgabe, es zu erledigen. Aber nur deswegen zu denken, es müsse immer so sein, ist doch Quatsch. Oder, Emily? Ich finde es jedenfalls.
Oh, da wär mir gerade fast das Handy aus der Hosentasche gefallen. Das wäre am schlimmsten, wenn das zerbrechen würde. Ich hab ja noch keinen Festnetz Anschluss. Darum ist das Handy der Nabel zur Welt.
Wie sich das anhört. Ich muss lachen, und Emly fühlt sich bemüßigt mitzulachen. Na bitte, du süßes Vögelein, das hört sich gut an. Lach ruhig weiter. Das macht gute Laune. Ich muss unbedingt deine Sprache lernen. Dann möwen wir zusammen und lachen laut. Und wer uns nur hört, denkt, es seien zwei Möwen, die sich unterhalten. Weißt du was, ich hol ich dir gleich was zu essen. Isst du Brot? Ich werde später mal googeln was Möwen gerne fressen.

Würmer kann ich dir allerdings nicht anbieten. Die musst du dir schon selber holen.

Familienangelegenheiten

Wenn die Felder abgeerntet sind, fliegen wir dorthin.
Dann gehören sie uns.
So läuft das hier.
Ich bin auch mal wieder mit herausgekommen.
Eine Möwe ist ja doch ein Gesellschaftstier.
Und jetzt, wo ich sowieso nicht mehr sterben will ...
Ach! Es hat die Runde gemacht.
Haben die Seeschwalben also doch geplaudert.
Oder wer auch immer. Unsere Welt hier ist kleiner als man denken sollte.
Es stört mich aber nicht weiter.
Die Spöttelei kann ich ertragen.
Ein strenger Blick ringsum genügt ...
Nur meine jüngste Tochter mag keine Ruhe geben.
Kinder können eine Landplage sein.
Ob ich jetzt ein Hausmeisje geworden bin, will sie wissen.
Sie ist mal in Amsterdam gewesen und gibt immer noch höllisch damit an.
Keine Ahnung hat sie.
Ich deute auf die rote Erntemaschine, die abseits auf dem Feldweg steht.
Ob ich sie damit filetieren sollte, frage ich.

Da werden ihre Augen ganz eng.
Rot mögen wir Möwen gar nicht leiden.
Rot ist böse.
Wir Möwen sehen die Welt bunter als die Menschen.
Und ein bunteres rot als rot, das soll man sich als Mensch erstmal vorstellen können.
Ist schwierig, ich weiß.
Mein armes Töchterchen hat richtig Angst bekommen.
Na, das tut mir ja nun leid.
Denn eigentlich mag ich ihre Aufmüpfigkeit.
Wir Möwen sind da nicht so.
Immer ordentlich drauf.
Man darf nur nicht auf den Schnabel gefallen sein.
Ob Pia wohl auch Kinder hat?
Sie wird es mir bestimmt erzählen.
Ich lerne zuzuhören.
Das ist nicht ganz einfach.
Es existiert schließlich eine Sprachbarriere.
Den einen mag es banal, den anderen unüberwindlich erscheinen.
Es wäre aber beides falsch.
Man muss sich nur Mühe geben und Bereitschaft zeigen.
Und das bedeutet hören, sehen, und - ganz wichtig - fühlen.
Ich muss mich in Pia hineinfühlen können.

Das ist etwas ganz Neues für mich.
Zum Glück kommen mir meine Erfahrungen mit den Menschen zugute.
Und, andererseits, muss natürlich auch sie bereit dazu sein.
Und das ist sie. Weil sie ein sehr besonderer Mensch ist. Das habe ich doch gleich gespürt.
Das Wasser hat keine Türen. Es fließt ungehemmt. So sollen auch unsere Gedanken fließen. Wir können das. Wir alle.
Pia und ich können das ganz bestimmt.
Eines habe ich in dieser kurzen Zeit bereits erkannt. Dass sie ein sehr feines Auffassungsvermögen hat. Und ein Gefühl für Sprache. Auch für unsere, für meine.
'Möwen' nennt sie das. Das habe ich herausgehört. Und dieser Ausdruck gefällt mir mächtig gut.
Ich glaube, ich werde mal zurückfliegen.
Ich habe schon richtig Sehnsucht nach ihr.
Das ist doch verrückt. Habe ich das nicht schon gesagt?
Verrückt ist das.

Die Sanierer kommen

Ich bin ja mal gespannt, wie pünktlich die Sanierer sind. Bis jetzt waren sie alle unpünktlich.
Das kann ganz schön nervig sein. Man fühlt sich wie festgenagelt und besteht aus Warten.
In meinem Fall kommt noch dazu, dass sie mich erst mal finden müssen. Als wäre hier das Ende der Welt. Und dann stehen sie da, schauen sich um, und es geht los.
Nicht mit der Arbeit. Nein. Sie machen irgendwelche dösigen Bemerkungen über das Leben an sich, und die fehlende Infrastruktur hier.
Meist sag ich nicht mehr viel dazu. Es langweilt mich.
Danach sehen sie sich die erforderlichen Arbeiten an, und schütteln mit dem Kopf.
Ihr Standardspruch: das ist nicht billig.
Peng, das sitzt jedesmal. Ich frage nach Alternativen, und besonders Schlaue sagen dann: das Beste wäre, alles abreißen, neu bauen.
So, Emily, etwas Brot hab ich dir geholt. Ich weiß ja nicht, ob du es mir aus der Hand nehmen möchtest. Ich glaub, ich werf es besser auf den Boden. Aber auf jeden Fall üben wir das noch.

Ich halte dir Futter hin, und du pickst es mir aus der Hand.
Heute noch nicht. Ich bin ja noch etwas fremd für dich. Ich meine, an deiner Stelle wäre ich auch vorsichtig. Und ich sehe, du magst das Brot. Das ist fein. Das merk ich mir.
Früher hab ich mir auch immer gemerkt, was alle meine Lieben gerne essen. Heute muss ich das nicht mehr wissen. Mein Allerliebster ist nicht mehr. Und meine Kinder wohnen weit weg. Obwohl, wenn sie mich besuchen, bekommen sie ihr Lieblingsessen.
Jedenfalls das, was sie als Kind gerne mochten. Beim letztenmal allerdings ging es schief. Meine Tochter war auf Diät und schüttelte sich fast, als sie den Kartoffelsalat sah. Fettige Mayonnaise und Kohlenhydrate jede Menge. Sorry, davon ess ich nichts. Ihr Mann sah das anders, und aß jede Menge davon, unter den missbilligenden Blicken seiner Frau.
Mein Sohn, den ich nur einmal im Jahr sehe, wird von seiner Frau sehr verwöhnt. Sie kocht ausgezeichnet. Da komm ich nicht mit. Will ich auch nicht. Aber, sagt mein Sohn, deine panierten Schnitzel hab ich immer gerne gegessen, Mama.

Also gibt es panierte Schnitzel. Innerlich hoffe ich, dass die Panade beim Braten nicht verbrennt und vor allem heil bleibt. Aber das klappt meistens.
Oh Emily, das ganze Brot ist weg. Mehr bekommst du aber nicht. Du bekommst sonst womöglich Bauchschmerzen. Und das muss ja nicht sein.
Schon 20 Minuten über der Zeit. Deswegen hab ich mich beeilt. Na ja, ich hoffe, sie kommen überhaupt.

Miau

Das neue Dach von Pias Haus gefällt mir unheimlich gut.
Die Ziegel sind von einem solchen satten Grau, wie es der Nebel hat, wenn er dick und behäbig auf dem Sand sitzt.
Das passt in die Landschaft, das passt hinter den Deich.
Und es ist nicht rot. Schon klar, ja? Es gibt ja heutzutage Dächer, die knallen förmlich davon. Nichts für Möwen. Ganz zu schweigen von dem Wellblechdach, das vorher draufgewesen ist. Verbogen und verrostet wie es war, hat es bestimmt durchgeregnet. Darauf sitzen mochte man gleich gar nicht. Überall scharfe Kanten. Wir Möwen sind zwar hart im Nehmen, aber auf die Schwimmhäute zwischen unseren Zehen ist schon zu achten.
Alsooo - so wie es jetzt ist, bin ich rundum zufrieden.
Und doch sieht Pia wieder so bekümmert aus. Sie schaut auf ihr Glitzerdings und wartet. Worauf? Ich weiß es nicht, und würde ihr so gerne helfen. Sie ist so lieb.
Vorhin hat sie mir Brot zu essen gegeben. Das hat gut geschmeckt.
Sie hat es mir hingeworfen.

Wahrscheinlich hatte sie Bedenken es mir direkt aus der Hand zu geben. Vielleicht hat sie an Gesichtswahrung gedacht, so etwas. Sie ist so rücksichtsvoll. Sie hätte es mir ruhig aus der Hand geben können.
Ich werde ihr zeigen, dass es so ist. Ich fliege zu ihr hin und setze mich auf den Gartenzaun.
Die Menschen dauern mich. Es kommt mir so vor, als wären sie mit Stricken am Boden festgebunden. Und möchten so gerne frei sein. Und sich in die Luft aufschwingen.
Das täte Pia bestimmt gut. Einmal mit mir fliegen zu können.
So! Ich werde jetzt miauen wie eine Katze. Das kann ich gut. Das heitert sie vielleicht auf.
Und dann werde ich ihr ein Lied singen. Aus dem Stegreif heraus. Wir Möwen sind Meister im Improvisieren.
Also los:

Möwengeschrei

Unverhofft. Wenn du denkst, dass alles seine Ordnung hätte, und die Welt wie ein Omelette ausgebreitet läge, goldbraun gebacken, kommt ein Nebel und schnürt dir die Kehle zu.

Du fühlst dich dem Postsack artverwandt, der achtlos von Bord der Fähre geworfen wird, eine zerquetschte Preiselbeere könnte nicht verzweifelter enden.

Flimmern. Luftspiegelungen, eine Andeutung, dass gleich ein Gott aus dem Meer aufsteigen wird. Einer von den Alten, ein Riese von Gestalt. Hörner auf dem Schädel.

Du suchst ein Deck deine Netze zu entknoten, und spürst, dass du zum Fisch geworden bist, offenen Mundes, die Kiemen rötlich umrandet.

Totengeläut. Von Land her, zwischen die Dünen geweht, dort verliert es sich wie ein Schuh, der verblutet. Nicht unähnlich dem gekrümmten Raum, von Zeit und Aberglaube umgeben.

Du siehst dich als ein Fenster, dessen Butzenscheiben das mehrfach gebündelte Licht in ein tiefes Schweigen versenkt.

Es kommt vor, dass ein Pfahl aus dem Wasser ragt, der einem Schwermutsvogel gleicht, der ein Mondfohlen reitet.

So, oder ungefähr so würde es lauten, wenn man es ins menschliche überträgt. Es ist vielleicht eine Spur zu düster und melancholisch geraten. Da kann ich nichts dafür. Wir Möwen können sehr melancholisch sein. Wir wissen aber auch wunderbare Sauf- und Rauflieder zu singen.
Das kommt noch. Ich werde Pia noch viele Lieder singen.
Und nun lächelt sie auch wieder. Etwas verhalten, mag sein.
Und da biegt ein Auto in die Auffahrt ein. Ach! Es ist Malte Ehlers. Nun verstehe ich. Darum hat Pia so bedröppelt geguckt. Ach, das wäre nicht nötig gewesen. Malte Ehlers ist ganz in Ordnung, finde ich.

Leitungsaustausch

Na, endlich. Ein Auto kommt.
Aber die Contenance bewahren. Ich lache vor mich hin. Das mit der Contenance erinnert mich an ein Buch. Darin behielt eine alte Gräfin immer die Contenance. Selbst als sie unbeobachtet in der Marmelade auf dem Boden ausrutschte und hinfiel, lächelte sie huldvoll.
Ein Mann steigt aus, und tut, als bemerke er seine Verspätung nicht.
"Moin", sagt er, und streckt mir die Hand entgegen." Was liegt an?"
"Die Leitungen, ob sie aus Blei sind, würde ich gerne wissen. Ach so, Moin", fällt mir gerade noch rechtzeitig ein.
"Wasserleitungen in alten Häusern sind meistens aus Blei. Wenn sie nicht saniert wurden. Aber mir scheint, Sie haben die Sanierung noch vor sich. Ich geh mal rein, wenn ich darf."
Na klar. Also die nächste Geldausgabe vor mir. Er kratzt am Anschluss der Spüle herum, und zeigt mir das Anschlussrohr. Es ist einwandfrei aus Blei.
"Was macht die denn für einen Lärm?" Er hört Emily, die sich tatsächlich aufführt, als müsse sie heute ein besonderes Konzert geben.

"Sie hat gute Laune. Und sie singt. Und richtig schön, wie ich finde."
Sein Blick streift mich. "Aha!"
"Was kostet denn sowas?"
"Was, das Konzert?"
"Das Leitungaustauschen natürlich."
"Ach so. Das könnte ich nur so Pi mal Daumen sagen. Ich schicke einen Kostenvoranschlag, bevor ich jetzt was Falsches sage."
Mist, das dauert wieder, und ich hätte gerne jetzt schon was gewusst.
"Könnten Sie nicht, so ungefähr?"
Er schüttelt den Kopf. "Ich messe jetzt mal durch, und Sie kriegen es schriftlich von mir. Dann sagen Sie entweder ja oder nein. So einfach ist das."
"Und wann?"
"Für Sie extra schnell. Kostet aber Express-Gebühr. Der Empfänger zahlt sie."
"Nein", beeile ich mich zu sagen. "Das ist nicht nötig. Soviel Zeit hab ich schon, auf die normale Post zu warten."
Er misst in Ruhe aus. Schreibt alles in sein Notizheft.
Emily singt noch immer.
"So", sagt er, als er fertig ist, "Sie hören von mir."
Wir treten vor's Haus und Emily fliegt eine Runde, ohne mit dem Singen aufzuhören.

Und setzt sich danach ganz galant auf den Zaunpfahl.
"Die tut, als ob sie dazugehört." Malte Ehlers lacht. Ich nehme an, dass er es ist. Steht jedenfalls auf seinem Wagen.
"Klar, sie gehört dazu. Darf ich vorstellen? Emily ist ihr Name."
"Die Möwe namens Emily, interessant. Ist sie mit der Möwe Jonathan verwandt?" Er lacht.
"Ich werde sie fragen. Ich sag ihnen dann Bescheid, wenn sie es mir verraten hat."
"Auf jeden Fall. Was sagt ihr Mann denn dazu, dass Möwen hier Namen tragen?"
"Ich hab keinen Mann. Nicht mehr. Seit kurzem erst."
"Das wusste ich nicht. Tut mir leid. Und, wie besprochen. Sie hören von mir."
Er reicht mir die Hand.
Und fährt.

Der Traum vom Fliegen

Da fährt er dahin, der Malte Ehlers.
Nun könnten wir doch wieder an den Strand gehen ...
Aber nein - sie sieht schon wieder so bekümmert aus.
Sie geht ins Haus ohne mich weiter zu beachten.
Sie wird sich Sorgen machen.
Da will ich ihr mal nicht auf die Pelle rücken.
Ich fliege hoch zum Deich und spiele das Schafekitzel-Spiel.
Danach werde ich ein kleines Nickerchen machen. Vielleicht schenkt das Meer mir ja einen Traum. Das fänd ich nicht verkehrt.
Alsooo - ja. So werde ich das machen.
Das Schafekitzel-Spiel habe ich erfunden.
Es ist ganz einfach.
Ich suche mir ein Schaf aus und fliege ihm auf den Rücken. Ganz hinten, dort, wo der Steert beginnt.
Und dann stampfe ich gründlich mit den Füßen. Das macht das Schaf glücklich, und ich gackere mir eins dabei.
Ganz hinten am Steert sind die Schafe nämlich besonders empfänglich. Da reichen sie schlecht hin mit ihrem Kopf, ihrem Mund. Und darum komme ich und

helfe kraulen. Ach! Ich bin ja so gut, so gut! Kraaaak!
Und staaks. Und nochmal staaks. Und genug.
Tut mir leid Schaf. Ich bin auch nicht mehr die Jüngste.
Aber das Wollwachs hat mir gut getan. Gut riechen tut es auch.
Nun wird es Zeit für das Nickerchen.
Am Liebsten würde ich mich ja gleich auf die Banklehne da setzen. Aber am Ende kommen dann Leute vorbei, damit muss man immer rechnen, gerade wenn ich in den schönsten Träumen bin.
Nö, das geht gar nicht. Da suche ich mir doch ein schönes Plätzchen in den Dünen. Eine Grasmatte, wohltuender Halt für meine Füße, über einem Meer von Sand, das sich zum Meer hinunter ergießt, zum eigentlichen Meer, das ich sehen, aber nicht hören kann. Zwischen den Dünen ist es mucksmäuschenstill.
Ich bin allein. In der Brutzeit tummelt es sich hier, Gänse und Möwen, bunt durcheinander. Die sind nun alle fort. Zu den Wiesen, ans Meer ...
Ach ja - das Meer. Das herrliche, das wunderbare Meer. Es gibt doch nichts Schöneres auf der Welt. Und hier, wo ich nun sitze, hat man doch auch den

Eindruck, als gäbe es sonst nichts auf der Welt.
Als wäre es die Welt. Und ist es doch auch. Meine Welt. Was habe ich für ein Glück. Nicht nur, dass ich eine Möwe bin. Das sowieso. Sondern dass ich ausgerechnet hier mein Zuhause habe.
Die arme Pia ...
Aber nein! Nun wohnt sie doch in ihrem Haus hinterm Deich. Und es wird sich schon alles finden und fügen. Nur schade, dass ich ihr nicht helfen kann.
Wenn sie doch eine Möwe wäre ...
Ich würde ihr das Fliegen beibringen.
Es ist ganz einfach, würde ich sagen. Du brauchst dir nur vorzustellen in der Luft zu schwimmen.
Du breitest deine Schwingen aus. Und schwimmst. Und fliegst.
Spürst du wie die Luft sich bewegt? Wie sie dich trägt?
Nun schwinge dich auf. Hoch. Und noch höher hinauf.
Und nun lass dich gleiten.
Siehst du, wie leicht es geht?
Es ist leicht. Und dir wird leicht, ganz leicht zumute.
Du stößt einen Jubelruf aus?
Ja. So möchte ich dich erleben.
Und ich antworte dir sogleich.

Sag, wo wollen wir hin? Wollen wir ganz bis nach Helgoland fliegen?
Nein. So weit bist du noch nicht.
Doch wir fliegen aufs Meer hinaus. Bis du kein Land mehr siehst.
Und dort werden nur wir noch sein, der Himmel und das Meer.
Es kann nichts Schöneres geben.
Flieg!

Scherben

Jetzt sitze ich seit einer Stunde hier, und denke mir den Kopf heiß. Aber eigentlich nur eine halbe Stunde. Die andere halbe Stunde habe ich im Schuppen verbracht.
Das heißt, ich habe Umzugskartons durchwühlt. Gut, dass mich niemand gesehen hat. Ich hab eine Riesensauerei veranstaltet. Nur wegen Jonathan. Ja, genau. Der Onkel von Emily wahrscheinlich.
Auf den Kisten lag soviel Staub. Irgendwie bröckelt dauernd was von der Decke. Ich wusste nicht, in welchem Karton das Buch lag. Also, zu faul einen Handfeger nebst Kehrblech zu holen, puste ich den Staub einfach mit dem Mund weg. Aber von wegen einfach. Erstens, es lagen viele Bröckel dabei. Zweitens, es entstand eine fürchterliche Staubwolke, weil es ja nicht bei einem Karton blieb. Ich aber immer noch zu faul war. Dann hab ich aus Versehen den guten Mantel heruntergestoßen, der über der Stuhllehne hing. Er fiel genau in den Staub. Kein Kunststück, mittlerweile war überall Staub. Dann bin ich beim Aufheben versehentlich an den Tisch gestoßen. Auf ihn hatte ich die alte

Glaskaraffe gestellt. Sie fiel runter. Alles voller Scherben.
Ich bin schnell rausgelaufen und hab mir die Ohren zugehalten. Das mach ich immer, wenn ich das Elend nicht sehen will.... Ja, ich weiß. Ich bin aber so.
Jetzt sitz ich hier und heule vor Wut. Weil ich mit allem allein bin. Keiner, der mir hilft.
Ich werde es doch hier verkaufen. Es ist mir egal. Ich brauche nur eine kleine Wohnung. Da muss ich mich auch nicht um blöde Bleirohre kümmern. Oder um riesige Umzugskartons. Die würden gar nicht in die Wohnung passen.

Glücksbringer

Ich bin dann eingeschlafen.
Fliegen macht müde.
Vor allem, wenn es so weit raus geht.
Und wir sind schön weit draußen gewesen.
Und es war schön.
Schön ...
Schön ...
Ich dämmere so dahin ...
Dahin ...

Und schlafe ein.
Und träume.
Träume einen seltsamen Traum von der

Chinchillarattenmutantin

Ein seltsames Wesen, das da vor mir erschien.
Sah aus wie ein Kaninchen, war aber keins.
Sah wie eine Ratte aus, war aber keine.
Sah aus wie ... wie ein Kuscheltier.
Das wälzte sich vergnügt im Sand.
Ich sperrte den Schnabel auf.
Der Schnabel blieb lange Zeit offen.
Dann fasste ich mir ein Herz. Und fragte das Wesen wie es heißt, und was für ein Tier es denn wäre.

"Ich heiße Charlotte und bin ein Chinchilla. Es freut mich sehr dich kennenzulernen."
"Ganz meinerseits", erwiderte ich, "mein Name ist Emily, und ich bin eine Möwe. Darf man denn fragen was du da machst?"
"Ich bade. Sieht man das nicht?"
"Du badest in Sand?"
"Ich bin ein Wüstentier. Darum bade ich im Sand. Es geschieht aber ein letztes Mal."
"Ein letztes Mal?"
"Bevor ich mich verwandle. Ich bin alt, weißt du. Es ist an der Zeit ein neues Leben zu beginnen. Und ich habe mir überlegt eine Ratte zu werden. Eine Wasserratte. Dann kann ich auch da unten baden gehen." Sie deutete zum Meer. "Das wäre doch mal eine Abwechslung."
Dagegen, fand ich, war nichts einzuwenden.
Und eh ichs mich versah, verwandelte sich der Chinchilla Charlotte in eine formidable Ratte, die ihre Zähne bleckte und sich genüsslich in die Länge streckte.
"Tscha", sagte die Ratte, "da will ich denn mal sehen, wie das so ist im Wasser zu baden."
"Es wird dir gefallen." Mehr fiel mir im Moment wirklich nicht ein.

"Und weil du so nett warst", sagte die Ratte, "lass ich dir ein kleines Geschenk von uns da."

Sprachs, ließ etwas in den Sand fallen, und verschwand Richtung Meer.

Ich schaute ihr atemlos hinterher. Die peeste aber ab! Konnte es wohl kaum erwarten.

Ich grub mit meinem Schnabel im Sand.

Ein Stück Bernstein.

Das wars, was mir die Chinchillarattenfrau namens Charlotte zurückgelassen hatte.

Und was für ein schönes Stück Bernstein das war!

Es war oval und wunderbar weich geschliffen. Und es hatte eine Inklusion. Das war natürlich ein Insekt. Und doch sah es aus wie eine Möwe im Flug. Wie ich! Aber haargenau.

Wie schön, wie schön, wie schön!

Und sofort wusste ich, dass es nur für Pia bestimmt sein konnte.

Aber ja! Ein Glücksbringer. Der ihr helfen würde alle Sorgen vergessen zu machen.

Behutsam nahm ich es auf. Und flog los.

Pia! Pia, darüber wirst du dich freuen.

Und ich freute mich auf ihr Gesicht.

Bernstein

Warum wollte ich immer an's Meer?
Was für eine Frage. Aber manchmal ist es wichtig, mir Fragen zu stellen, die ihre Antwort längst wissen. Damit ich wieder klarer sehen kann. Wenn ich mich verlaufe, weil ich Scheuklappen trage.
Genau deshalb werde ich jetzt an den Strand gehen.
Ich seh den Möwen zu. Und suche Emily.
Und erzähl ihr den ganzen Mist. Ach, Quatsch. Sie belaste ich nicht damit. Warum sollte ich ihr erzählen, was ich nicht mal meiner Freundin erzählen würde.
Ich bin sowieso eine, die es mit sich selbst ausmacht, die es gewohnt ist, über wichtige Dinge nicht mit anderen zu sprechen.
Dann kann man mir nicht vorhalten, wenn ich mal was sage, was ich besser nicht gesagt hätte.
Aber das passiert mir hier ja nicht. Hier ist ja niemand, mit dem ich reden kann.
Und ich werde nicht zulassen, dass ich schon wieder anfange zu heulen.
Meine Güte, Pia, jetzt ist aber mal gut!
Und außerdem wollte ich ja rennen üben.
Nicht Lola rennt. Pia rennt.
Dann nix wie los.

Ich könnte praktischerweise gleich mal die Zeit stoppen. Wozu hat das Handy denn die Stoppuhr?
Eben. Muss nur nachsehen, wie sie funktioniert. Hoffentlich bin ich schnellkapierig. Ansonsten lass ich das, und verschieb es auf morgen.
Soooo, bin ein As im Kapieren ... kaum zu glauben.
Haustürschlüssel, yes, hab ich.
Also, Stoppuhr an und los.
Der Weg ist länger geworden. Jedenfalls japse ich wie nach einem Halbmarathon, um nicht Marathon zu sagen.
Aber endlich bin ich da, und da ist dieser Anblick, der mich immer wieder aus den Socken haut.
Wie schön es hier ist. Und wie glücklich ich mich schätzen kann.
So was Dummes. Ich hab vergessen, die Stoppuhr auszuschalten. Das ist ja wohl mehr als ärgerlich.
Ach, egal. Ich werf mich in den Sand, und alle können mich mal...
Emily, wie schön. Du hast mich entdeckt.
Ich freu mich so sehr.
Uuhh, hast du was fallen lassen?
Ja, hast du. Was ist das denn? Es sieht aus wie ein Bernstein.

Du, es ist ein Bernstein. Und es ist etwas darin eingeschlossen. Das sieht aus, als hätte es Flügel.
Emily, schau mal. Es sieht aus wie du, wenn du fliegst.
Das ist ja schöön. Wunderschön.
Er könnte doch mein Glücksbringer werden, Emily.
Dann werde ich ihn immer bei mir tragen.
Emily, wenn du einmal näher kommen könntest. Nur etwas, dass ich dich ein klein wenig streicheln kann, ja? Ich bin auch vorsichtig. Ganz leicht berühre ich dich.
Hab keine Angst. Ich tu dir nicht weh.
Und ich nehme den Bernstein und küsse ihn. Und du könntest ihn ja auch mal so was ähnliches wie küssen. Ich weiß ja nicht, ob ihr das so macht wie Menschen. Denn wenn ihr mit euren Schnäbeln schnäbelt, könnt ihr euch leicht verhaken, oder nicht? Jedenfalls hätten wir beide den Bernstein zum Glücksbringer erkoren durch unseren Kuss.
Tatsächlich, du kommst ja zu mir. Wie schön das ist.
Also, ich finde, das gerade war wie ein BeiderKuss.
Du bist mein persönlicher Glücksbote. Und danke vielmals für den wundervollen Stein.

Das war hundertprozentig ein Zeichen für mich. Vom Himmel oder so.
Ich fühle mich erleichtert.
Jetzt bleib ich mindestens zwei Stunden hier liegen und träume mich glücklich.

Traumbehüterin

Ich habe geträumt, und nun träumt sie.
Ob das Meer auch ihr einen Traum schicken kann? Bestimmt.
Sie hält den Bernstein in der Hand.
Die Hand hat sie auf ihre Brust gelegt.
Dorthin, wo das Herz ihr schlägt.
Sie atmet fest und tief.
Ich hab sie lieb.
Ob eine Möwe einen Menschen lieben kann?
Es ist so.
Weil ich hier sitze und ihren Traum bewache.
Das heißt - Traum bewachen ist eigentlich falsch.
Eine Bewacherin bin ich nicht.
Und Pia ist niemand, der bewacht werden sollte.
Sie ist ebenso frei wie ich.
Und darum bin ich ihre Freundin.
Und behüte sie in ihrem Traum.
Ich bin eine Traumbehüterin.
Denn da ist das Meer.
Und das Meer ist gefährlich.
Das weiß Pia nicht.
Sie kennt es vielleicht nur vom Sommer.
Wenn es träge die Füße ausstreckt. Und nach Sonnencreme riecht.

Aber das Meer hat auch einen Herbst und einen Winter. Und auch im Frühling ist es nicht ohne.
Das Meer kann sehr böse sein. Obwohl auch das nicht stimmt. Ich sagte es ja schon - das Meer ist das Meer. Das Meer achtet nicht auf uns. Das Meer ist wie ein kleiner Gott mit Ziegenbart. Man betrachtet ihn und sagt: ach, es ist ja nur ein kleiner Gott mit Ziegenbart.
Dann hat man schlechte Augen im Kopf. Kein Vorstellungsvermögen. Dann hat man nicht richtig hingesehen.
Pia wird es verstehen.
Und wenn sie Angst bekommt - und sie wird Angst bekommen - hat sie mich.
Doch noch ist es nicht so weit. Noch lange nicht. Noch wird das Meer ihr wiegende Träume schenken. Dafür sorge ich.
Ich kann das. Ich kann viel. Es geschieht durch die Liebe.
Weil eine Möwe einen Menschen lieb gewonnen hat.
Es gibt Wunder. Die tanzen auf den Wellen. Du kannst sie nicht berühren. Versuche es gar nicht erst. Denn dann entgleiten sie dir. Betrachte sie. Nimm sie in dich auf. Doch rühre nicht daran.
Solch ein Wunder ist die Liebe.

Es ist einmal ein Maler bei uns gewesen.
Viele Jahre lang.
Der hat hier vor seiner Staffelei gesessen. Und das Meer gemalt. Mit all seinen Farben. Die nur eine Möwe sehen kann.
Doch der Maler hat sie auch erkannt.
Der hat eine Sonne gemalt, die war gelb wie ein chinesischer Lampion.
Der hat einen Himmel gemalt, der war blau und schwarz und golden. Und hatte das Gesicht einer Sphinx.
Der hat eine Brandung gemalt, die war wie ein leuchtendes Feuer von Lapislazuli. Und es tanzten weiße Nilpferde darüber hin.
Und es war alles richtig so. So war es ja auch. Ich sehe es genauso. Doch ich bin eine Möwe. Dem Maler hat es gar nicht gut getan.
'Ach! Ich liebe das Meer!', hat er gerufen. Zu laut. Zu oft.
Ich glaube daran ist er gestorben. Oder etwas ist in ihm gestorben.
Eines Tages war er fort.
Ich werde darauf achten, dass es mit Pia nicht ebenso geschieht.
Sie soll Farben sehen. Doch sie soll nicht zerbrechen daran.
Sie soll Freude daran haben. Selbst über ein Rot, das sich über den Gartenzaun ergießt.

Träume du nur, meine Freundin. Atme ruhig. Ich sitze hier. Ich werde dich behüten.

Ebbe und Flut

Zwei Stunden hab ich es zwar nicht geschafft. Doch geträumt hab ich.
Ich saß in einem kleinen Boot. Und bin allein auf das Meer hinausgefahren.
Ich fühlte mich unglaublich frei.
Und erst als ich mitten auf dem Meer war, dachte ich plötzlich daran, wie gefährlich es sein könnte.
Ich bekam Angst.
Vorher hatte ich keine.
Ich war völlig durcheinander. Wie konnte ich nur so unüberlegt handeln?
Wenn es passieren würde.
Das.
Was nicht passieren darf.
Weil.
Ich bemühte mich, wenigstens jetzt, richtig zu denken.
Ich wusste aber nicht, wie das geht.
Ich hatte das Denken verlernt.
Ich bekam noch mehr Angst.
Das war das Schlimmste. Ich wusste es.
Wenn man das Denken verlernt, ist alles vorbei. Ist alles zu spät.
Ich sprach mir gut zu. Versuchte es jedenfalls.
Eine Schar Möwen umflog das Boot.
Emily erkannte ich sofort.

Sie hat etwas Besonderes an sich. Da wo das Grau des Gefieders anfängt, ist eine winzige Spur in Weiß zu sehen. Als hätte das Grau sich nicht ganz durchsetzen können.
Sie flog zu mir, und berührte mich mit einem leichten Flügelschlag.
Und fing an zu möwen. Ganz eindrücklich. Und immer in Wiederholungen. Ganz aufgeregt war sie.
Und die anderen Möwen flogen davon.
Emily blieb bei mir. Sie setzte sich auf den Boden und lief hin und her.
Dann setzte sie sich auf den Bootsrand. Und betrachtete mich.
Setzte sich mir auf die Schulter. Dann auf die wasserdichte Box. Auf dem Boden zu meinen Füßen.
In der war mein Handy und der Haustürschlüssel.
Ob mein Handy hier Empfang hat, dachte ich. Dass ich nicht eher darauf gekommen war.
Ich öffnete die Box und obenauf lag mein Glücksbringer.
Sofort kam Emily herbei, und stupste ihn mit ihrem Schnabel an.
Ja, Emily, ja. Ich nahm den Bernstein in die Hand.
Und mein Handy. Es zeigte Empfang an.

Ich überlegte, ob ich anrufen sollte.
Doch wen?
Ich konnte doch nicht einfach jemanden anrufen. Und von meiner Dummheit erzählen.
Aber die Box konnte schwimmen. Und man würde sie finden. Und vielleicht auch mich. Wenn es passieren würde. Was nicht passieren darf.
Ich legte alles wieder zurück und verschloss die Box.
Ich war erleichtert.
Emily war immer noch da.
Und ich begann das Denken wieder zu erlernen.
Und es begann damit, dass mir einfiel, dass ich auf der Nordsee trieb.

Dass sie ein Wattenmeer ist.

Und es gibt Ebbe.
Und es gibt Flut.

Und ich erwachte.

Nichts als Unsinn im Sinn

Da ist sie ja wieder. Hat das Sandmännchen in den Augen.
Ich hüpfe zu ihr hin.
Sie schaut verwundert.
Ebbe und Flut lese ich.
Ich lese es aus ihren Augen.
Die groß und verwundert sind.
Das Meer.
'Du musst dich nicht fürchten.' Sage ich.
Wir sprechen in Gedanken.
'Ich fürchte mich nicht. Nicht mehr. Vielleicht habe ich mich auch nie gefürchtet. Weil du bei mir warst.'
'Ich bin. Bei dir. Wir sind zusammen.'
Sie streckt mir die Hand entgegen.
Ich berühre ihre Finger ganz leicht mit dem Schnabel.
Sie soll es wissen.
Sie weiß.
Ich bin eine glückliche Möwe.
Und wenn ich glücklich bin, dann muss ich fliegen.
Das wird Pia verstehen.
'Ich fliege jetzt.' Spreche ich in ihre Augen.
Ein Verstehen schicken ihre Augen zurück.
Wir sind beide wild, fällt mir da ein.

Wild und frei.
Ich fliege.
Und ich habe Unsinn im Sinn.
Wie früher.
Und ich muss an meinen Liebsten denken.
Das war solch ein Wilder.
Und eigentlich ein grober Klotz.
Wie Männer eben so sind.
Aber zu mir ist er immer lieb gewesen. Und hat sich rührend um die Küken gekümmert.
Aber wild war er schon.
Und es hat mir ja auch gefallen.
Und nun, wo ich so darüber nachdenke, vermisse ich es und wünschte, es könnte wieder so sein.
Darum werde ich tun, was ich jetzt tun werde.
Jawoll!
Alsooo - ich flieg mal rüber zum Badestrand. Dorthin, wo die Strandkörbe stehen.
Und dann suche ich mir jemanden, der etwas Leckeres in der Hand hält.
Und das ist dann meins.
Das nennt man Möwenrecht.
Weil es mir so recht wäre.
Ha! Da ist doch schon was ... das kleine Kind da. Hält eine Eiswaffel in der Hand.

Wunderbar! Da hätte ich jetzt Lust drauf.
Ob wohl Erdbeere dabei ist? Erdbeere mag ich besonders gerne. Gegen Vanille wäre auch nichts einzuwenden.
Hoffentlich bin ich noch in Form. Ich will dem Kind ja nicht wehtun. Es ist nicht ganz einfach.
Früher haben mein Liebster und ich uns einen Sport daraus gemacht. Aber früher war früher.
Ach! Ich krieg das schon hin.
Sooo - los geht's! Noch eine elegante Kurve ziehen. Und nun - alles anschnallen bitte - wir gehen in den Sturzflug über.
Schwuuuuummmm!
Und zack!
Und wusch! Und weg!
Ach! Herrlich, herrlich! Was bin ich doch für ein Genie! Und das Kind hat auch gar nicht geweint. Nur gestaunt. Und die Augen weit aufgerissen. Und gerufen hat es: "Mammi! Mammi!"
So, und jetzt ein Stückchen beiseite geflogen. Da drüben, auf den Poller.
Sooo - was haben wir denn da?
Vanille und Schokolade.
Na, man kann nicht alles haben.
Aber was ist das doch für ein Leben!
Schön. So schön.

Und ich fühl mich wieder jung.
Ach! Wenn ich das der Pia erzähle …
Ob sie mich wohl versteht?

Es ist kompliziert

Ich sollte mich auf den Heimweg machen.
Ich hab genug zu tun. Es hat sich soviel angesammelt an Schriftkram. Dabei hatte ich mir geschworen, es immer gleich abzuheften.
Hab mir genügend Aktenordner besorgt. Alle für's Haus. Angebote, Kostenvoranschläge, Rechnungen, Versicherungspolicen.
Meinen alten Taschenrechner muss ich unbedingt finden. Nicht, dass ich nicht ohne könnte. Doch erleichtert er mir das Rechnen sehr. Bastian hat mir immer gesagt, man müsse alles kontrollieren. Also, alles nachrechnen.
Ich hab mir zwischendurch einen preiswerten Rechner vom Wühltisch mitgenommen. Nur hat der andere Regeln als mein Gewohnter.
Vor allem, wenn es um Prozentrechnung geht. Da blick ich nicht durch, wie er denkt. Jedenfalls denkt er anders als ich.
Emily ist noch nicht zurück. Als sie losflog, hab ich gesehen, wie unternehmungslustig sie aussah.
So richtig gutgelaunt schien sie. Wer weiß, an was sie gedacht hat.

So richtig gutgelaunt war ich lange nicht mehr.
Das heißt, manchmal bin ich fast gutgelaunt. Doch dann kommt das schlechte Gewissen.
Es redet mir ein, dass ich keinen Grund für gute Laune habe.
Weil doch Bastian nicht mehr bei mir ist.
Und dann werde ich zurücktraurig und schäme mich für mein Lustigsein.
Aber so kann es nicht weitergehen. Das weiß ich. Eines Tages muss ich mich ausgetrauert haben.
Damit das Leben schön sein kann. Weil das Leben schön ist.
Da, was war das denn. Mein Handy meldet sich. Der Akku will aufgeladen werden.
Hoffentlich bekomme ich bald einen Festnetzanschluss.
Später werde ich einkaufen gehen. Und tanken muss ich auch. Ganz schön weit bis zur nächsten Tankstelle. Aber da ich nicht sehr viel fahre, ist es nicht so schlimm. Viel schlimmer ist es, dass ich noch keine Werkstatt kenne, falls mal eine Reparatur nötig ist.
Auch dafür sollte ich mich endlich interessieren.

Ach, Emily, du hast es gut. Du kannst machen, was du willst. Du musst dich nicht rechtfertigen. Du bist frei.
Aber ich doch auch. Oder nicht?
Ja, obwohl.
Wieso obwohl?
Weil.
Ich weiß es nicht.
Irgendein Zwang.
Früher dachte ich manchmal, wenn ich Streit hatte mit Bastian, wenn ich nicht verheiratet wäre, dann wäre es besser.
Wegen der Freiheit und so.
Und jetzt?
Jetzt hab ich ein schlechtes Gewissen, dass ich es schön finden könnte, mich frei zu fühlen.
Weil ich dann Bastian verrate.
Mit ihm war es doch schön. Viel schöner als frei. Jedenfalls meistens.
Ach, Mensch. Warum ist es so kompliziert?
Ich bin heute einfach schlecht drauf.
Das wird es sein.

Verdammt!

Was für jagende Wolken heute.
Und der Wind bläst.
Ich meine fast, dass ich ihn sehen könnte.
Aber nein. Der Wind ist der unsichtbare Begleiter der Wolken.
Oder auch nicht. Oder doch.
Oder vielmehr der, der die Wolken schubst.
Dort oben.
Und hier unten uns.
Ein unsichtbarer Schäferhund mit Riesenflügeln.
Und die machen Wind.
Der treibt die Wolken.
Der treibt mich, wenn ich nicht stark genug bin.
Und so stark bin ich nicht mehr.
Und ... oh Mist! ... nein ... jetzt bin ich gegen den Leitungsmast geknallt.
Und schmiere ab ...
Ich kann mich nicht mehr halten.
Und bumms - da liege ich am Boden.
Oh nein - ich glaube der Flügel ist gebrochen!
Ja. Da hängt er. Es tut aber gar nicht weh.
Oder doch. Es tut so weh, dass ich gar nichts mehr spüre.
Außer Wut. Über mich. Was bin ich doch blöd gewesen. Und in Gedanken. Und

voller Übermut. Was musste ich auch bei diesem Wetter fliegen.
Und nun kocht es in mir hoch.
Verdammt, verdammt!
Und jetzt?
Ich muss zu Pia hin. Nur die kann mir helfen.
Wenn ich das nicht schaffe ist es aus mit mir. Und ich wollte doch ...
Und ich will. Ich werde das schaffen.
Und so weit ist es doch nicht, sage ich mir. Auch nicht zu Fuß. Auch nicht, wenn der Flügel hängt.
Verdammt, verdammt! Es tut so weh! Und Wut.
Du blödes Vieh! Nun geh, nun geh!
Ein Menschenpaar kommt mir entgegen. Sie schieben ihre Räder.
"Schau", sagt die Frau, "die arme Möwe. Sie muss sich den Flügel gebrochen haben "
Sie will sich schon zu mir herunterbeugen, da fährt ihr der Mann dazwischen.
"Lass sie liegen", sagt er, "irgendein Raubtier wird sie schon fressen. Und wenn das nicht, tuen es die Maden. Ist nicht schade drum. Möwenkacke gibt richtig fiese Lackschäden."
"Aber Erwin ..."
"Nichts da. Komm!"
Und sie gehen.

Und es ist mir ganz lieb so.
Pia! Pia! Nur du kannst mir helfen.
Und ich gehe, und gehe.
Und bald habe ich es geschafft.
Und es tut mir alles weh, so weh ...
Gleich bin ich da. Durchhalten. Komm, komm ... gehen, so mühevoll ...
Pia! Pia! Sie steht da. Sie bestaunt den Wind. Den Schäferhund. Ich sterbe. Es rauscht in meinen Ohren. Ja und nein. Nein. Ich will ...
Pia! Pia! Bring mich zum Arzt.
Und lass dich nicht ins Bockshorn jagen.
Sie werden dir sagen, dass ich eingeschläfert werden muss.
Pia! Bitte ...

Beim Tierarzt

Der Wind treibt die Wolken. Man kann die Bilder so schnell gar nicht verfolgen, wie sie am Himmel entstehen.
Wie ich die Wolken liebe. Wenn sie stehenbleiben und sich allmählich verändern. Wenn sie getrieben werden. So wie heute.
Der Wind bringt alles durcheinander.
Gegen ihn kann man nicht ankommen. Jedenfalls dann nicht, wenn er mächtig wird. Und man ihm einen anderen Namen geben muss. Sturm oder Orkan.
Ich hoffe ja nur, dass er dem Haus nichts tut. Wenn er mal richtig mächtig ist.
"Da steckt man nicht drin." War die Antwort von Herrn Petersen, als Bastian ihn fragte, ob das neue Dach denn auch einigermaßen sturmsicher sei.
So, nun aber. Vom Wolkenbestaunen wird kein einziger Ordner sortiert.
"Emily, was machst du denn da? Was hast du? Was ist passiert? Lebst du noch?
Mir wird ganz heiß.
Emily liegt vor mir. Ist sie tot?
Sie bewegt sich nicht.
Doch, ein klein wenig war da.
Ich knie mich vor sie hin.
"Emily!"

Ich sehe, dass ihr Flügel nicht in Ordnung ist.
Er liegt so merkwürdig neben ihr, als wäre er gebrochen.
"Emily, bitte, liebe liebe Emily, du Arme. Du darfst nicht sterben. Ich bringe dich zum Arzt. Bitte, halte durch."
Ich kenne nur den normalen Arzt. Da ruf ich am besten an. Seine Nummer hab ich.
Sie müssen mir einen Tierarzt nennen.
Ich rufe an und Frau Preising, die nette Sprechstundenhilfe, sucht mir die Nummer vom Tierarzt raus. Und seine Adresse. Sie erklärt mir, wie ich hinkomme.
Emily atmet nur ganz schwach. Und unregelmäßig.
Ich streichle sie ganz vorsichtig.
"Emily, ich hab dich lieb. Wir fahren jetzt zum Arzt. Ich beeil mich."
Ich werde nicht anrufen. Ich fahre sofort hin.
Schnell den Einkaufskorb geholt. Und eine Decke hinein. Und ein Handtuch zum Zudecken.
Ob ich den Flügel anfassen darf? Ob es Emily sehr weh tut?
"Emily, es tut jetzt weh. Aber es geht nicht anders."

Sie sieht mich an mit einem Blick, den ich nie vergessen werde.
Er ist so voller Leid. Voller Schmerzen.
Ich lege sie vorsichtig in den Korb. Zum Glück ist er groß genug.
Hinein ins Auto. Den Korb auf den Beifahrersitz gestellt.
Es ist mir egal, ob ich zu schnell fahre.
Emily geht es schlecht. Ich muss ihr helfen.
Einmal verfahren. Schnell wenden.
Da ist endlich die Praxis. Ein Parkplatz vor dem Haus ist frei.
Ich steige aus.
Und gehe mit Emily in's Haus.
Eine Helferin sieht mich an.
"Ja, bitte?"
"Emily", sage ich und halte ihr den Korb hin.
"Ihr geht es schlecht. Bitte helfen sie ihr. "
Ein Mann steht auf und schaut in den Korb.
"Ist das eine Möwe? Die wird nicht mehr. Das sieht man doch."
Ich sehe ihn an. "Sind sie der Arzt?"
"Nein", sagt er, "aber das sieht doch jeder."
Die Helferin sieht mich an.
"Kommen sie. Herr Doktor soll einen Blick darauf werfen."
Ich bin ihr dankbar. Es dauert nicht lange und Dr. Bruchsal kommt heraus.

"Wen haben wir denn da?" Er gibt mir die Hand. Wir stellen uns vor.
Er schüttelt bedenklich den Kopf. Und vorsichtig untersucht er Emily.
"Ob es Sinn macht, müssen sie entscheiden. Auf jeden Fall, falls es klappen sollte, wird es eine diffizile Angelegenheit. Es ist ein Flügelbruch.
Und das zu beheben gelingt nicht immer. Außerdem ist sie nicht mehr jung. Das sollte man auch bedenken. Und, ich sag es gleich, es wird eine kostspielige Angelegenheit."
"Das ist mir völlig gleich", rutscht mir heraus, "ich möchte es auf jeden Fall versuchen. Ich hänge so an ihr. Sie ist meine Freundin."
Jetzt kommen mir die Tränen.
Dr. Bruchsal berührt kurz meinen Arm und nickt.
"Wir versuchen es. Ich geb mein Bestes."
Ich nicke und bin ihm so dankbar.
Ich beuge mich zu Emily, streichle sie und verspreche ihr, dass alles gut wird.
Die Helferin nimmt mir den Korb ab.

Autsch!

Aua! Hey! Das tut weh! Am Liebsten hätt ich ja jetzt herzhaft zugehackt. Aber da hält mir jemand den Schnabel zu, der was davon versteht.
Und dann ist ja auch Pia noch da. Die so lieb ist und sich Sorgen macht. Da kann ich mich nicht aufführen wie eine Wasserhexe. Obwohl ich eine bin.
Aua! Hey! Aber es geht schon wieder. Etwas schwummrig ist mir vielleicht.
Aber ich sperr die Augen auf ... weit ... noch weiter. Damit Pia sieht wie tapfer ich bin.
Und schwupp - das war zu viel.
Dass ich immer so übertreiben muss. Jetzt klappen mir die Augen zu.
Und das wars.
Ohnmacht. Totale Versenkung.

...
Möwengeschrei
...
wie schön
...
meine Töchter
...
'gute Mama'
...
'liebe Mama'

...
'Ach Mama! Dass du immer so tollpatschig sein musst!'
...

Das reicht. Das brauch ich mir nicht bieten zu lassen.
Ich sperr die Augen auf ...
Und sie bleiben auf ...
'Wir werden einfach zu Protokoll geben, dass es sich bei ihrer Möwe ...'
'meiner Freundin ...'
'ihrer Freundin um ein Wildtiere handelt. Dann wird das Land die Behandlungskosten tragen ...'
Ich sehe eine glückliche Pia.
'... frischen Fisch, und Krabben ...'
Hörst du, Pia?
'Ich werde sie verwöhnen.'
Ach, Pia!
'Na, na - nicht übertreiben. Und wenn sie Fragen haben, rufen sie nur an. Und sollten sich Komplikationen ergeben, sie sind jederzeit herzlich willkommen, sie und ihre Freundin Emily.'
Augenzwinkern. Pia bedankt sich höflich.
Ob er das war, der mir den Schnabel so gekonnt zugehalten hat?
Nein, die andere wars, die mir so aufmunternd zulächelt.

Respekt!
Autsch! Was ist denn da mein Flügel so dämlich festgeklebt!
Piaaaa!!!!

Puuh ...

Mein Bauchgrummeln ist weg. Emily hat die Operation überstanden. Sie hat die Augen geöffnet und sieht mich an.
Dr. Bruchsal meint, es sei gut verlaufen.
Und er hat gesagt, ich müsse nichts bezahlen, da eine Möwe ein Wildtier sei. Und die Kosten dafür übernimmt das Land. Dabei hat er mir zugezwinkert.
Wenn er wüsste, wie dankbar ich ihm bin.
Emily sieht mich an. Ganz verstört. Aber ist ja klar. Frisch aus der Narkose erwacht.
"Ach, Emily. Ich freu mich so.
Du bist zwar noch ganz verbunden. Aber schon bald wird es dir besser gehen.
Ein paarmal musst du zum Verbandwechsel. Aber in ein paar Wochen kannst du sicher wieder richtig fliegen."
Sie versteht mich. Ich bin mir sicher. Was für ein süßes Geschöpfchen sie ist.
Erleichtert verlasse ich die Praxis. Die Helferin winkt mir noch einmal zu.
Puuh, ist das warm im Auto. Aber die Fenster lass ich geschlossen. Nicht, dass Emily Zug mitkriegt. Womöglich erkältet sie sich dann. Ob ich tanken soll?
Oder lieber erst nach Hause? Ach, nein. Ich fahre dann doch zur Tankstelle. Man weiß

ja nie, was passiert. Und mit vollem Tank hat man ein besseres Gefühl.

Wie immer bin ich gerade beim Warten an der Kasse in Versuchung geraten. Und hab schon wieder Weingummi gekauft.

Es ist schon schlimm mit mir. Nicht nur Kinder fallen auf die Quengelware an der Kasse rein.

Nein, Pia natürlich auch.

Ich bin so inkonsequent.

Im Supermarkt z.B. schau ich mir die Süßigkeiten an. Und bin stolz auf mich. Denn ich lege alles wieder zurück.

An der Kasse, da wo die Einzelpackungen liegen, greife ich zu. Dabei sind sie viel teurer, wenn ich es umrechne. Hätte ich doch vorhin zugegriffen, denke ich noch. Und schwupps landet so ein böses Päckchen auf dem Kassenband. Aber ich beruhige mich sofort.

Es ist auf jeden Fall billiger als eine Großpackung. Und man muss auch nicht immer vernünftig sein.

Also.

Emily hat sich während der Fahrt vorbildlich verhalten. Sie ist still liegen geblieben und hat nur ein paar mal Laute von sich gegeben.

Dann hab ich sie jedesmal leicht gestreichelt. Und sie wurde wieder ruhig.

Ich freu mich auf zu Hause. Dann koch ich erstmal Kaffee. Und auf das Ordnen verzichte ich.
Schließlich ist morgen auch noch ein Tag.
Außerdem hab ich mir überlegt, mit Pia an den Strand zu gehen. Ich deck sie zu. Aber sie kann dann wenigstens ihre Lieblingsgeräusche hören. Und das mag sie sicher.
Uuuuh, fast hätte ich es vergessen. Ich muss ja noch ins Fischgeschäft.
Frischen Fisch besorgen. Und Krabben. Pia hat später bestimmt Hunger.
Wie gut, dass mir das noch eingefallen ist.
Fisch Hein hat zum Glück durchgehend geöffnet. Also, nix wie hin.
"Du kannst dich freuen, Emily. Ich kauf dir ganz was Leckeres."

Der Strandkorb

Ich sags doch: Pia hat die besten Ideen ...
Oder ob die Idee nicht eigentlich von mir stammt? Und das Ganze Gedankenübertragung ist?
Schon möglich. Aber ich will mal bescheiden sein. Schließlich wäre ich ohne Pia bei den Maden. Oder der Fuchs hätte mich gestohlen.
Also, was solls. Hauptsache, wir sind hier. Am Strand.
Und Pia hat uns einen Strandkorb gemietet. Das ist doch das Allergrößte.
Und hat sich ganz schön abschleppen müssen, bis wir da hinkamen. Die Arme.
Vom Parkplatz über die Dünen, den ganzen Bohlenweg entlang bis zum Strand.
Mit zwei schweren Körben beladen. In dem einen ich. In dem anderen unser Futter.
Na ja - und was Menschen noch so brauchen. Menschen brauchen immer viel.
Decken. Und Badetücher. Und Handtücher. Und mindestens drei Badeanzüge. Und ein Strandkleid. Oder zwei. Sonnenbrille. Sonnenmilch. Und After-Sun-Lotion. Und was sonst noch alles. Futter.
Ich hätte fast darauf gewettet, dass Pia auch noch ein Schäufelchen auspackte und

gleich damit loslegen würde Burgen zu bauen.
Hat sie aber nicht gemacht.
Stattdessen war sie ganz erschöpft.
"Puh!", hat sie gesagt, und sich in den Sitz fallen lassen.
Mit der Fußbank wusste sie zuerst nicht so recht was anzufangen.
"Unpraktisch! Unbequem!", hat sie gerufen.
"Kraaak!", habe ich gemeint. Was soviel heißen sollte wie 'Quark'. Probier's erstmal aus. Das war es, was ich damit sagen wollte.
Sie hat es dann auch begriffen.
Jetzt haben wir es uns gemütlich eingerichtet.
Ich sitze auf der Lehne und betrachte den schönen Morgen. Atme tief ein.
Ach, wie gerne möchte ich jetzt fliegen. Oder wenigstens etwas herumtoben. Aber Pia hat gesagt, ich soll vernünftig sein, dann würde mein Flügel schneller heilen.
Das ist ein Argument. Da will ich mal folgsam sein.
Pia hat sich zurückgelehnt und zeichnet etwas in ein kleines Büchlein mit schwarzem Einband. Ein Mäppchen mit allerlei Stiften hat sie neben sich liegen.
Sie ist sehr eifrig, scheint aber nicht so recht mit sich zufrieden.

Immer wieder streicht sie das soeben Geschaffene durch und schlägt die nächste Seite auf.
'Ach!' und 'Nein!' und 'Mist!' und 'Ich krieg das einfach nicht hin!', zetert sie.
Lässt aber nicht locker.
Trinkt ab und zu einen Schluck. Verdreht die Augen. Mustert mich mit strengem Blick. Und macht unverdrossen weiter.
Schließlich ein Jubelschrei.
"Yes", verkündet sie, "nun hab ichs."
Und schon hält sie mir das Büchlein vor die Nase.
"Nun schau mal, das bist du. Es ist doch großartig geworden, findest du nicht?", verkündet sie siegesgewiss.
Doch. Schon. Das also bin ich? Ja. Doch. Vielleicht ist der Schnabel ein wenig zu groß geraten und der Kopf zu klein. Aber schließlich liegt es alles nur im Auge des Betrachters.
"Kraaak!", mache ich. Was in diesem Falle Zustimmung signalisieren soll.
Aber Pia will mich nicht verstehen.
"Du immer mit deinem ewigen 'Kraaak'. Also ich gehe jetzt schwimmen. Kommst du mit?"
Klar komm ich mit. Wenigstens schwimmen werd ich ja wohl noch können.

Ein Gedicht

Der Strandkorb ist praktisch. Und auf jeden Fall besser als eine Decke im Sand. Wenn man sitzen möchte. Weil man zeichnen will. Mit Mühe und Not hab ich das Bild hinbekommen.
Och doch, es gefällt mir. Emily. Im Strandkorb.
Ich geh jetzt schwimmen. Und dann ist sonnen angesagt.
"Emily, stopp! Bist du noch gescheit? Du kannst nicht mit ins Wasser. Dein Verband wird nass. Du bleibst hier stehen. Oder gut, etwas hin und herlaufen kannst du ja. Aber höchstens die Füße dürfen nass werden."
Ich fass es nicht. Hoffentlich hört sie mir zu.
Man, man, man. Ist wie mit einem kleinen Kind. Man muss ständig aufpassen.
Aber sie hat mich offensichtlich verstanden.
"Brav, Emily. Da freu ich mich. Nachher bekommst du was zum Fressen."
Wie schön es ist im Wasser. Als Kind war ich schon ins Wasser verliebt. Ganz früh hab ich schwimmen gelernt. War im Sommer fast täglich in der Badeanstalt. Und später gab es einen kleinen See in der Nähe.

Kann mich noch gut erinnern, als ich zum erstenmal die Nordsee gesehen habe.
So ein Gefühl war auf einmal da, welches ich vorher noch nie hatte.
Heute weiß ich, dass es ein Glücksgefühl war.

Liegt etwas im Meer
mich glücklich
zu machen
wie unersättlich
ist meine Lust
wirbelt Gefühle
macht sie mir lauter
der Himmel auf Erden
wird mir bewusst
liegt etwas im Meer
das fühlt meine Seele
es weitet das Herz sich
in meiner Brust

Das Gedicht hab ich mal gedichtet. Schon lange her. Da war ich noch in meiner Sturm und Drang-Zeit.
Ähem, na klar. Es ist kein tolles Werk. Und Bastian wusste auch nicht recht, was er sagen sollte. Dabei hab ich es ihm so schön vorgetragen.
Aber ich hab es mir aufbewahrt in meinem Kopf.

Und über die ganzen Jahre hab ich es nicht vergessen.

Und ich werde es in Schönschrift - (jetzt muss ich aber lachen), unter das Bild von eben schreiben.
Na, dass wird ja dann die volle Konzentration.
Einmal verschreiben, und wusch - aus die Maus.
Das Bild krieg ich nicht nochmal hin. Das weiß ich.
Also Pia, streng dich an!

Aber nicht jetzt. Ich schwimm noch eine Runde und geh mit Emily zurück zum Strandkorb.
Wo ist sie überhaupt?
Ach, sieh an. Versucht sie etwa Würmer zu angeln? Sieht ganz so aus.
Na dann, viel Spaß dabei, du kleine Süße.
Das ist ja wirklich ein gutes Zeichen. Aber ich glaube, sie schafft es nicht. Doch immerhin hat sie es versucht.
Ich beeil mich. Dann bekommst du Krabben. Da wirst du aber staunen.
Dafür lässt du hoffentlich jeden Wurm liegen.

Der Luftballon

Die Würmer sind mir doch egal. Schwimmen gehen hätt ich mögen.
Was einem doch für Sätze in den Kopf sausen. Das macht das Meer. Weil es so unendlich wandlungsfähig ist.
So, wie ich folgsam bin. Aber ja doch, Pia. Aber während du tiefer ins Wasser watest, hüpf ich mal ein Stückchen den Strand entlang.
Und wenn dabei mein Bauch ins Wasser plumpst, kann ich auch nichts dafür. Der Verband wird schon halten.
Ach, was der Wind so herrlich bläst.
Unendlichkeit. Wie der Himmel rund ist nach allen Seiten. Und ich weiß, es geht immer weiter, durch Tag und Nacht.
In Höhe, Breite und Tiefe. Die Wolken und das Meer. Und im Osten geht die Sonne auf, und im Westen geht sie unter. Und weil bei uns das Meer im Westen liegt, versinkt sie im Meer, tunkt sich ein, und strahlt noch einmal auf wie der siebenfarbige Bogen. Und die Delfine und Tümmler tauchen auf und singen ihr ein Abendlied. Ach, das möchte ich schon gerne wieder hören. Und das werde ich auch. Mein Flügel wird heilen. Und Pia soll bei mir sein. Auch sie soll das hören. Und dann

kann sie uns allen das Gedicht von vorhin noch einmal vortragen. Das hat mir gefallen. Und wie schön sie gesprochen hat. Wie zwei sich überschlagende Wellen, so klang es mir in den Ohren.

Meeresschwere und Meeresleichte. Das gibt es beides. Und heute fühle ich mich wieder leicht. Wie froh ich darüber bin! Und nun laufe ich einmal ganz schnell über den Sand. Bis ich außer Puste komme. Dann halte ich an, schnaufen zweimal durch, und dann rufe ich ganz laut: "Schööööön!"

Ganz laut. Und auf Möwisch natürlich.

Aber es wird schon jeder verstehen.

Und dann fresse ich einen Taschenkrebs. Jawoll!!!

Aber - halt! Was bewegt sich denn dort über dem Sand. Der Wind treibt es direkt auf mich zu. Es ist ein Luftballon. Eines von den Menschendingern, die sie zum Fliegen bringen. Doch alles was die Menschen zum Fliegen bringen, wirkt irgendwie unbeholfen.

Es hat immer etwas Abgehacktes, Kantiges. Die großen Flugzeuge sowieso. Aber auch die Drachen, die sie am Strand steigen lassen, auch die Segel von den Kites. Unbeholfen. Menschen eben. Man darf es ihnen aber nicht übel nehmen. Sie

versuchen es wenigstens, und das ist doch aller Ehren wert. Und wenn sie einen Meister der Lüfte sehen wollen, haben sie ja mich ... äh ... nun ja.
Nein. Also. Was ich sagen wollte war doch, dass die Luftballons die einzige Ausnahme bilden. Die gleiten schwerelos dahin. Jedenfalls wenn sie erstmal den richtigen Wind bekommen. Aber natürlich schmieren sie irgendwann wieder ab. Menschendinger eben. Und das da vorne ist eindeutig abgeschmiert. Ich schau es mir einmal an. Auch wenn es rot ist. Ein feuerroter Luftballon. Und - na sowas - da hängt eine Schnur daran. Aber - halt - da ist noch mehr. Ein Zettel, der sogar in Plastikfolie gehüllt ist, damit er nicht nass wird. Das ist ja schlau. Ach! Davon habe ich schon gehört. Kinder machen das gerne. Die schreiben eine Botschaft, befestigen sie am Luftballon, und lassen ihn fliegen. Und wer die Botschaft findet, der bekommt einmal umsonst Hering, oder so etwas. Da wäre ich ja mal neugierig, was hierdrauf geschrieben steht.
Alsooo - ich nehme jetzt die Schnur in den Schnabel und bringe Pia das ganze Ding. Die wird sich aber wundern!

Eine Entschlüsselungsaufgabe

Herrlich, so ein Bad im Meer. Sehr erfrischend.
Wo ist Emily?
Sie wird doch nicht ...
Ahh, da kommt sie an. Was schleppt sie mit sich?
Ach, wie cool. Es ist ein Luftballon. Ein roter Luftballon. Ein Brief hängt an ihm.
Das ist ja toll. Eine echte Luftpost.
" Emily, dich darf man auch nicht allein lassen. Du mischt schon wieder richtig mit."
Sie sieht zufrieden aus. Fast schon etwas hochnäsig. Aber nein, so ist sie nicht.
Sie ist doch meine Freundin. Und Hochnäsige könnten nie meine Freunde sein.
Ich nehme ihr den Luftballon aus dem Schnabel.
Gespannt öffne ich das daranhängende Päckchen.
Auf jeden Fall reichlich Tesafilm. Aber verständlich. Der Überzug darf ja nicht abgehen. Er macht den Brief -und tatsächlich entpuppt sich das Ganze als Brief - nämlich wasserdicht.
So, geschafft.
Ich beginne zu lesen.

An den Finder des Luftballons
Wir sind Lorena
und Eric und
wir wohnen
in Travemünde.

Wenn Sie untenstehendes Rätsel lösen, kommt ihre Anschrift in eine Tombola.
Der erste und zweite Preis ist eine Zugfahrt nach Travemünde.
Der Gewinner des ersten Preises sitzt in einem Wagen der ersten Klasse.
Beim Gewinn des zweiten Preises sitzt man in einem Wagen der zweiten Klasse.
Die Reisen werden von der Klasse 3b bezahlt. In der wir beide sind. Und Sie dürfen an unserer Klassenfete teilnehmen.

Wir wünschen Ihnen viel Glück

Hier das Rätsel:

Was bedeutet der Ruf einer Möwe, der sich anhört wie
"Gagagagagaag" ?

Auf der Rückseite steht Lorenas Anschrift.

Na, jetzt muss ich lachen. Emily schaut mich verwundert an.

"Du musst gar nicht so erstaunt gucken, Emily. Wenn du mir die Lösung verrätst, und das wirst du ja hoffentlich, gewinnen wir vielleicht eine Reise nach Travemünde. Ha, und mit dir als Freundin hab ich die besten Karten.
Wie genial.
Oder? Das ist ja wohl cool, was?
Also, Emily, nix wie her mit der Lösung."

Emily sieht mich von unten nach oben an.
Und schließt die Augen.
"Wie, was ist los Emily? Willst du einfach kneifen?

Denk mal schön nach. Du wirst ja wohl keine Dumpfbacke sein, wie die Möwen bei Nemo, und nur 'meins' 'meins ' 'meins' möwen können.

Na, was sagst du Emily?"

Emily ist schwer beleidigt

Ich sag mal 'Dankeschön'. Und bin schwer beleidigt.
Nur weil ich gerne Fisch esse.
Das ist doch nur natürlich.
Ich bin eine Möwe.
Hallo! Schon vergessen?
Wir Möwen sind doch keine Hitchcock-Vögel.
Und selbst wenn, wir hätten ihn gekriegt, den dummen kleinen Fisch. Alles Verleumdung.
Über uns sollte man Filme drehen. Und Bücher schreiben.
Uns sollte man besingen.
Es gab Zeiten, da ist das anders gewesen.
Da habt ihr Menschen euch gefreut, wenn ihr eine Möwe gesehen habt.
Denn eine Möwe zu sehen, das bedeutete Land. Land in Sicht. Oder doch in Reichweite.
Die pure Freude, wenn man monatelang auf See war.
Die Seeleute haben leuchtende Augen gekriegt. Denn die Liebste war nahe. Oder ein Glas Grog. Je nach Vorliebe. Ist ja aber auch egal. Jedenfalls wir, wir haben ihnen den Weg gewiesen.

Und ihr Menschen habt euch dankbar gezeigt.
Ich hatte eine Urgroßmutter, die Emma war das. Kann auch sein, dass es die Urururgroßmutter war. Und da kam so eine Landratte von Mensch daher, der hat sich in die Emma verliebt.
Da staunst du aber, was? Jahaha! Der war so was von verliebt, der hat ihr sogar ein Gedicht gewidmet. Dass es ihm so vorkäme, als müssten alle Möwen Emma heißen, hat er geschrieben. Ist das nicht süß? Das nenne ich Liebe. Und wir Möwen schluchzen immer noch, wenn wir jemanden das Gedicht vortragen hören. Und vergießen dicke Möwentränen.
Da sage mal einer, wir Möwen hätten kein Gefühl. Und hätten nichts als Fischefressen im Sinn.
Oh, nein - wir sind poetische Seelen.
Wir finden Luftballons. Und machen 'Kraaak!' So wie ich jetzt. Ich klettere bis oben auf den Strandkorb rauf und mache 'Kraaak!"
Dass dus nur weißt.
Pia schaut mich ganz verwundert an.
"Hör mal", sagt sie, "willst du nicht nach Travemünde?"

Nö. Will ich nicht. Travemünde ist Ostsee. Nichts für eine Hardcorenordseemöwe wie mich.
Aber weißt du was? Ich hör jetzt auf zu schmollen.
Nicht nur dir, auch der Kinder zuliebe. Die haben sich solche Mühe gegeben. Und ist ja doch auch ne Superidee. Also, was solls, Der Ostseesand soll ja besonders weich sein. Und Strandkörbe gibt's da auch.
Alsooo! Was war das doch gleich, was du wissen wolltest? Ach ja - richtig! Soll ich mal?
"Gä-gä-gä-gä-gäääk!"
Na, Pia? Das macht was her, findest du nicht?
Und was ein Glück, dass keine andere Möwe in Hörweite ist. Für Fehlalarme gibt es Klassenkeile.

Burgenbauen

Emily ahmt doch tatsächlich diesen Ruf nach. Unglaublich. Sie hat mich verstanden.
Ach, schon gut. Es ist doch klar. Sie ist nicht nur süß, sie ist auch noch schlau.
Und jetzt wirkt sie auch noch etwas überheblich. Als wolle sie mich warnen etwas Verkehrtes zu sagen.
Ahh, ich hab's.
"Emily, ist das eine Warnung? Also, so eine Art Warnruf für Menschen. Dass sie Möwen nicht stören sollen, oder sowas in der Richtung?"
Emily hat mir zugenickt. Es sah jedenfalls so aus. Da, schon wieder. Und das Kraaak! Das heißt 'ja'. Ich bin mir sicher.
Das also ist die Lösung!
"Emily! Eins rauf! Bin begeistert von dir."
Mir scheint, sie lacht.
Jedenfalls eine nette Idee von den Kindern. Ich werde ein paar Fotos machen von Emily und dem Strand. Und vom roten Luftballon.
Ein kleines Päckchen für die Klasse 3b werde ich packen. Und die ausgefüllte Karte hineinlegen.
Ich freu mich schon darauf.

Auch wenn ich nicht gewinnen sollte. Es macht einfach Spaß.
So ein Tag kann ganz schön aufregend sein.
Ein Tag ist ein Allesschlucker.
Um ihn erinnerbar zu machen, muss mein Gedächtnis ihn sortieren.
Und alles Unwichtige sortiert es aus.
Und heute bleibt sehr viel Wichtiges stehen. Ganz bestimmt.
"Emily, weißt du was? Du bekommst jetzt erstmal was richtig Leckeres zu essen! Feinsten Hering. Und du musst dir keine Arbeit machen ihn zu finden. Guten Appetit!"
Wie schön. Emily ist ganz begeistert. Und futtert mit richtig gutem Appetit.
Habe große Lust eine Burg zu bauen. Mit einem Wassergraben ringsum. Und einer Brücke darüber. Nur wegen des Tunnels.
Eigentlich kann ich die Burg weglassen. Sie ist eher langweilig. Sie ist einfach nur kompakt und hält das Klopfen mit der Hand aus.
Ich baue gerne einen Tunnel. Am liebsten eine Brücke. Weil es Sinn macht. Damit man von einer Seite zur anderen Seite gelangen kann.
Die Untiefen überqueren. Darin wimmelt es vielleicht von Ungeheuern. Oder auch nicht.

Ein Eimerchen hab ich nicht.
Aber eine Plastiktüte vom Fischgeschäft.
Die kann ich zum Transportieren des Wassers benutzen.
Ich bin nur froh, dass ich nicht dazu gekommen bin, mir die Nägel zu lackieren.
Von der Sandwühlerei platzt jeder Nagellack ab. Aber das Lochausheben mit den Händen macht Spaß.
Emily sitzt derweil gelangweilt im Strandkorb und macht ab und an ein Nickerchen.
So, die Brücke ist fertig.
Das Bachbett darunter ist tief. Aber der Bach an sich ist schon recht kurz geraten.
Jetzt muss ich das Wasser holen.
Und dann kommt der schöne Augenblick.
Das Wasser wird eingefüllt. Und darüber die Brücke. Das ist schön.
Und nicht lange, dann bleibt vom Wasser nur noch Schaum, der auf dem Sand liegt.
Auch der vergeht nach einer Zeit.
Ich könnte doch, fällt mir ein, den Boden mit Muschelschalen abdecken. Sie würden dafür sorgen, dass sich das Wasser länger hält.
Aber nein. Ich habe eine bessere Idee.
Wenn ich den Boden mit Plastik abdecke.
Dann hält es in jedem Fall.
Doch irgendwie stört es mich.

Dann lieber Muschelschalen.
Bastian fällt mir ein. Er hat sich mal an einer Muschelschale die Fusssohle aufgerissen.
Was mache ich hier eigentlich?
Wozu soll das gut sein? Und außerdem.
Ich zerstöre die Brücke. Kinderkram. Ich sollte etwas anderes tun.
Voreilig zerstört. Ich hätte doch morgen weitermachen können.
Dann bau ich eben eine neue Brücke.
Aber ich weiß schon jetzt, dass es morgen nichts wird mit dem Neubauen.
Ich bin traurig.
"Emily, wir gehen nach Hause, ja?"

Muscheln sammeln

Momentchen mal. Was bist du denn so traurig mit einem Mal. Arme Pia. Da hast du wohl an früher denken müssen.
Warte mal ... ich such dir was Schönes.
Uch! Da vorne! Was für eine hübsche Herzmuschel das doch ist!
Wollt schon grad die Flügel nehmen ...
Na ... hoppel, hoppel ... so geht's auch ...
Aber so ein hübsches Ding!
Na, Pia - nun sag doch mal?
Pia kuckt.
Pia! Hallo!
Wenn du magst, darfst du jetzt ein Foto von mir machen.
Obertitel: Emily mit Muschel im Schnabel.
Untertitel 1: seriös apportierend
Untertitel 2: verschmitzt grinsend
Kann ich gut.
Nur schade, dass ich die Flügel nicht ausbreiten kann. Sonst gäbs noch eins mit Emily, Muschel balancierend, von einem Flügel zum anderen.
Nee - war nur ein Scherz.
Obwohl - mit etwas Übung ...
Aber - ach! So'n Schiet aber auch! Ist doch echt zu doof mit mir. Kein Staat mit zu machen. Was sollen bloß die Kinder denken?

Huch! Hallo! Was macht sie denn jetzt? Ist aufgesprungen und rauft sich die Haare.
"Ha!", ruft sie, "das ist doch die Idee!"
Und schon stürzt sie los.
"Ich bin die große Muschelsammlerin", tönt sie in die Welt hinaus.
Na, meinetwegen. Hauptsache, sie hat es geschnallt.
So schöne Muscheln wie hier findest du an der Ostsee nie.
Und Sand brauchen wir.
Pia! Pia!
Und auf dem Rückweg gehen wir bei Fiete Hein vorbei. Der hat wundervolle Gläser. Mit Korken obendrauf.
Und dann wird ein Diorama gebastelt. Sand und Muscheln und ... hach! eine Möwe brauchen wir.
Die Möwe kommt noch mit in den Sand.
Ohne Möwe geht überhaupt gar nichts.
Und die Möwe, das bin ich.
Pia! Das musst du basteln!
Pia hört nicht. Die hat bloß Augen für den Strand ...

Muschelbilder

Warum bin ich nicht darauf gekommen?
Emily hat mich darauf gebracht. So eine schöne Muschel hat sie gefunden.
Das heißt: Pia, Augen auf!
Hab nämlich eine Idee.
Ich werde zwei Herzen aus Muscheln machen. Aus den schönsten natürlich. Und sie werden sich ineinander verschlingen. Dass man sie nicht trennen kann. Nur durch Zerstörung würde es gehen.
Und dieses Herz leg ich auf Bastians Grab.
Das ist doch schön. Ich klopfe es in die Erde ein. Und in die Mitte des einen Herzens pflanze ich Vergissmeinnicht. In die Mitte des anderen Herzens schütte ich StrandSand. Darin steht ein Windlicht.
In Treibholz schnitze ich den Namen.
Senkrecht angeordnet die Buchstaben.

B
A
S
T
I
A
N

Die Vertiefungen mit schwarzem Edding ausgefüllt.
Das Holz liegt links. Daneben die Herzen.
Nichts sonst.

Ich suche wie besessen. Nur schöne Muscheln kommen in Betracht.
Emily bringt auch ein paar.
Wie lieb von ihr. Obwohl sie krank ist, hilft sie mir.

"Du, Emily. Ich werde versuchen, dich aus Ton zu formen. Und dann mal ich dich an, ja? Auch den winzig kleinen Aussetzer versuche ich hinzukriegen.
Hast du etwas dagegen, wenn ich dich dann vors Haus stelle?
Du würdest auf einem Pfosten aus Treibholz stehen.
Sozusagen ein Beobachtungsposten.
Und du könntest dich nie verfliegen, wenn du zu mir willst.
Deinen Namen schnitze ich ins Holz.
Du. Es wäre mir eine Ehre.
Wer hat schon eine eigene Möwe vor seiner Haustür?"

Emily kraakt vor lauter Begeisterung, wie mir scheint. Sie tippelt aufgeregt hin und her. Ich streichle sie ganz vorsichtig. Und ein kleines Küsschen bekommt sie. Meine arme kranke Emily.

Au ja. Ich freu mich drauf. Hab schon lange nichts mehr aus Ton gemacht. Da wird es bestimmt zunächst nicht klappen. Aber dann! Genau!
Ahhhhh, noch etwas fällt mir ein.
"Emily, aus deinem Bauch mach ich ein Geheimfach. Darin kann man wichtige Kleinigkeiten aufbewahren. Geheime Botschaften beispielsweise. Liebesbriefe."
(Ähm, jetzt muss ich lachen. Wer sollte die wohl schreiben?)
Egal, könnte aber sein. Eben!

Wie schnell sich manchmal eine Situation ändern kann. Unglaublich.

Eine Liebesbotschaft

Da fällt mir der Storch Adilbert ein. Adilbert mit i. Damit geht's ja schon los. Wer so heißt, der muss doch einen Dachschaden haben. Oder kriegt mal ganz bestimmt einen weg.

Den Adilbert hab ich auf unserer Müllkippe kennengelernt. Müllkippen sind ja ganz was geiles. Da findet sich immer genug zu futtern. Auch wenn das einfach eine Schweinerei ist. Aber, na schön, ich will mich nicht mokieren. Bin ja selber dort gewesen.

Der Adilbert war ein richtiger Spezialist geworden. Der zog überhaupt nicht mehr nach Süden. Also dahin, wo er eigentlich hingehörte. Ins tiefste Afrika, an die Nilquellen oder so.

Früher, erzählte er, wär er wenigstens noch bis Marokko geflogen. Das reinste Müllkippenparadies. Dann war ihm Spanien auch genug gewesen. Nee, ganz im Gegenteil, das war das Paradies hoch zwei. "Boah, ey", hat er gemeint, und sich seinen dicken Wanst gestreichelt.

Er schien auch noch stolz darauf zu sein. Dabei, wenn ihr mich fragt, hat er jeglichen Stolz verloren. Ein Zugvogel, der nicht mehr zieht, was ist das denn?

Nun hängt er nur noch hier herum. Und haut sich alles rein, was er kriegen kann. Pillen inklusive.
Alles. Auch das Psychozeug. Das einen ganz malle im Kopf macht, und bräsig in der Birne.
Inzwischen spricht er nur noch in der Mehrzahl von sich, nennt sich 'Adilbert und die Piraten'.
Als er das zum ersten Mal erwähnte, hab ich mich ganz erwartungsvoll umgeguckt. Wo sind sie denn, die Piraten, hab ich gedacht. War natürlich nix. Das war schon eine Enttäuschung gewesen!
Nee, der Adilbert ist völlig gaga.
Wenn er nicht auf der Müllkippe ist, sitzt er auf der Straßenlaterne am Ortseingang. Und bibbert, als ob er unter Strom stünde. Wahrscheinlich tut er das auch.
Erzählen tut er, dass er ein Sendemast ist. Der WhatsApp-Nachrichten weiterleitet. Wo bei uns so schlechter Empfang ist. Und dass er schon zigmal die Liebe gerettet hätte und Feuersbrünste verhindert. Und dann streicht er sich wieder den Wanst vor lauter Selbstzufriedenheit.
Gaga. Ich sag's doch. Völlig durchgeknallt.
Aber okee, ich könnte den Adilbert ja mal auf die Probe stellen. Und der Pia eine Liebesbotschaft zukommen lassen. Wenn

er wirklich so unter Strom steht, sollte das wohl klappen.

"Pia", würde ich schreiben, "du bist die allerbeste Pia von der Welt. Dass du's nur weißt. Mit lieben Grüßen, deine Emily."

Klingt nicht sehr originell, ist aber die Wahrheit. Weil - es ist einfach so.

Hab Vertrauen und lass dir Zeit, liebe Pia, es wird schon alles wieder in Ordnung kommen.

Und nun wollen wir auf den Friedhof fahren. Wir könnten uns auf eine Bank setzen und Wolkenbilder malen. Das ist ganz einfach. Wir schauen in den Himmel hinauf und erzählen uns, was wir sehen. Du kannst es auch deinem Bastian erzählen. Da freut er sich bestimmt. Und es wird uns allen leicht ums Herz werden.

Und dann fahren wir nach Hause und schreiben den Kindern aus Travemünde einen Brief.

Feuer unterm Hintern

Ach wie schön. Das verschlungene Herz ist fertig. Gefällt mir gut.
"Du, Emily. Weißt du was? Wir fahren zum Friedhof. Sieh mal. Das ist doch wohl superschön, oder?
In der Gärtnerei schau ich mal, ob es noch Vergissmeinnicht gibt. Wenn nicht, nehm ich was anderes. Und ein Windlicht besorg ich dort noch.
Die Tüte mit Sand nehmen wir auch mit."
Emilys Verband sieht ganz schön mitgenommen aus. Kein Wunder. Sie benimmt sich, als hätte sie keinen.
"Emily, wir fahren auch noch bei der Töpferei vorbei. So weit entfernt ist sie ja gar nicht. Schließlich willst du ja unbedingt dein Ebenbild kennenlernen."
Außerdem wohnt Hinnerk da. Und der ist ja nicht verkehrt. Auf ihn freu ich mich.
Emily kommt in den Korb. Die Tüte mit Sand wird verstaut. Und ab geht die Post.
Oh, es gibt sogar noch Vergissmeinnicht. Sieht zwar reichlich wild aus. Aber das ist nicht so schlimm.
Ich hab einen Preisnachlass bekommen.
Also, Bastian, was sagst du? Freust du dich?

Bestimmt. Jetzt noch das Windlicht angezündet.
Sieht alles wunderschön aus. Ich bin ganz gerührt.
Neee, bloß nicht weinen. Doch es geht nicht anders. Ach, Bastian. Wärst du doch bei mir.
Aber ein Taschentuch hab ich wenigstens nicht vergessen ...
Und ich setz mich noch etwas auf die Bank.
"Emily, sieh mal die schönen Wolken. Bastian kann sie noch besser sehen. Er ist ja viel näher bei ihnen.
Emily, sag mal, bist du müde? Dann sollten wir besser nach Hause fahren. Es war ja auch reichlich viel für dich.
Später bekommst du noch leckeres Essen. Und dann ist Schlafenszeit. Ein paar Stündchen ausruhen. Danach geht es dir noch besser."
Auf dem Weg zu Hinnerk denke ich an Lorena. Wie sie wohl aussieht? Und Eric.
Na, zunächst muss ich ja mal gewinnen.
Auf jeden Fall pack ich ein Päckchen mit Süßigkeiten, Glanzbildchen und diversen Kleinigkeiten, die ihnen Spaß machen werden.
Und ein paar Fotos leg ich dazu. In der Drogerie machen sie Sofortbilder von meinen Handyaufnahmen.

Da vorne wohnt Hinnerk. Ihn habe ich zum erstenmal in der Post gesehen.
Dort durfte er Flyer von sich auslegen. Deshalb weiß ich über ihn Bescheid.
Ich steige aus. Hinnerk kommt aus dem Haus. Ich frage ihn nach Ton. Er lacht.
"Ich hab soviel davon", sagt er, "dass ich es verkaufen muss." Er lacht.
"Was soll es denn werden?"
"Eine Möwe mit Geheimfach", sage ich.
Hinnerk lacht. "Nichts Besonderes also", meint er.
Ich entscheide mich schnell.
"Sehe es ja dann, wenn sie fertig ist. Dann mach ich ihr Feuer unterm Hintern."
Er reicht mir die Hand.
Und es geht nach Hause.

Traumland

Ich bin müde, so müde ...
Der Tag war anstrengend gewesen.
Schon auf der Rückfahrt wäre ich beinahe eingenickt, in die Decken meines Körbchens gekuschelt.
Zuhause angekommen hat Pia mich in der guten Stube abgestellt.
"Träum was schönes", hat sie gesagt. Dann ist sie entschwunden. Wahrscheinlich um sich in der Werkstatt mit dem Ton zu beschäftigen, eine Emily zu modellieren.
Pia ist so süß.
Und ich schlafe ein. Und ich träume.
Ich träume mich, ich träume uns nach Travemünde.
Es ist ein schöner sonniger Tag.
Pia hat mich und meinen Korb im weichen weißen Ostseestrand abgestellt.
Sie alle stehen um mich herum - Pia, Lorena, Eric, und die anderen Kinder der Klasse 3 b.
Ich richte mich auf um besser sehen zu können.
Und etwas Wunderbares ist geschehen. Ich stelle fest, dass der Verband sich gelöst hat.
Und ich verstehe, dass ich nun werde fliegen können. Auf den Rand des

Körbchens setze ich mich. Ich breite meine Flügel aus. Ich hebe ab. Ich fliege.
Hoch empor schwinge ich mich. Und es geht, es geht ...
Ach! Was für ein herrliches Gefühl! Ich bin frei. Frei wie der Wind. Und ich möchte den Kindern zeigen, was für ein schönes Erleben das Fliegen ist. Selbst wenn man es nur von unten, vom Erdboden aus betrachten kann.
Ich drehe einige Runden über ihre Köpfe hin, übe mich im Wellenflug, versuche mich in einem Looping sogar - und es gelingt. Ach! Es ist schön, so schön ...
Die Kinder staunen und rufen, winken mir zu. Auch Pia winkt. Und ich drehe mich in eine Kurve hinein und fliege hoch, und immer höher hinauf.
Und höher geht es, und höher noch immer, es will überhaupt kein Ende nehmen.
Und plötzlich das Erschrecken, die Gewissheit ... es wird keine Umkehr mehr geben.
Wie sehr ich mich mühe, es gibt kein Zurück. Bald werde ich die Wolken erreicht, bald werden die Wolken mich aufgenommen haben.
Es ist also geschehen. So unvermutet. Und so ungerecht. Wo doch alles so schön hätte werden können. Mit Pia und mit mir ...

Und mir kommen die Tränen ...
Ach, Pia, Pia - was wirst du nun machen ohne mich?
Es ist so dumm. Und so ungerecht. Und ein großer Zorn kommt über mich. Und ich rufe und ich schreie so laut ich kann.
Doch es hilft alles nichts. Die Wolken haben mich verschlungen.
Und ich schreie, ich schreie noch immer.
Aber - nein! Hör auf zu jammern, schelte ich mich aus. Du weißt, dass es jederzeit geschehen konnte.
Ich brauche niemanden, der es mir erklärt. Weil es niemand besser weiß als ich. Ich habe es mir so oft vorgestellt.
Ich bin tot. Gestorben bin ich. Im Himmel nun ist mein Flugrevier. Zwischen den Wolken.
Dort verharre ich.
Ich schaue zur Erde herab.
Ich sehe mich leblos in meinem Körbchen liegen.
Ich sehe Dr. Bruchsal dort stehen. Er reicht Pia die Hand.
"Sie wissen, dass wir jederzeit damit haben rechnen müssen", höre ich ihn sagen.
Und Pia nickt tapfer, doch es rinnen ihr die Tränen über die Wangen.
Und Hinnerk kommt ins Zimmer und schließt Pia in die Arme.

Und Pia schluchzt und schluchzt, und zittert am ganzen Körper.
Ach, Pia, Pia - es tut mir so leid!
Pia! Du darfst nicht traurig sein. Hörst du!
Pia! Ich werde bei dir sein. Ich werde immer bei dir bleiben.

Emily Zwei

Es war ein langer Tag. Ich wollte anfangen mit Emily 2. Hab alles vorbereitet.
Und bin eingenickt.
Und habe von Bastian geträumt. Und er stand da und besah sich von oben sein Grab. Er sagte kein Wort.
Ich fragte ihn, ob ihm das Herz gefällt.
Da war er weg. Ohne ein einziges Wort zu sagen.
Bin ganz verstört. Es gefällt ihm wohl nicht. Sonst hätte er irgendetwas gesagt.
Werde es wieder wegnehmen. Es muss ja nicht sein, dass er sich ärgert, wenn er sein Grab sieht.
Es ist nicht weit her mit meiner Bastelkunst. Das weiß ich. Obwohl es mir gefällt. Aber ihm nicht. Also gut.
Emily liegt ganz still in ihrem Körbchen.
Sie schläft. Es war bestimmt zu viel für sie. Aber wenn sie schön ausschläft, sieht die Welt wieder anders aus. Später werde ich mir ihren Verband nochmal ansehen. Er schien mir etwas gelockert.
Dann erzähl ich ihr auch von Bastian. Dass ihm das Herz nicht gefällt. Dass ich deswegen traurig bin.
Hoffentlich gefällt ihr ihre Doppelgängerin. Ich werde mir die größte Mühe geben.

Ach, Emily. Gut, dass ich dich habe.
Es ist schön mit Ton zu arbeiten.
Ich stelle mich unbeholfen an. Meine Güte.
Bin total aus der Übung gekommen.
Aber ich tröste mich. Wenn es nicht gelingt, gibt es eben keine Doppelgängerin von Emily.
So einfach ist das.
"Emily, hast du gehört? Vielleicht bleibst du ja ein Unikat."
Das hat Bastian auch mal zu mir gesagt.
'Du bist mein Unikat.'
Dabei hatte er sich vorher aufgeregt über mich. Weil ich nicht nachgeben wollte.
Es ging darum, ob ein Unikat eine Seriennummer braucht. Ach, egal.
Also, Emilys Bauch wird prima. Richtig gut. Und die Tür ist einfach ein Loch. Seitlich.
Hah. Später werde ich es tarnen. Mit einem Strauch oder so.
Der Pfosten auf dem Emily sitzt, steht dann neben dem Strauch.
So. Fertig. Bin zufrieden. Jetzt muss Emily 2 trocknen.
In einer Woche bring ich sie Hinnerk. Dann wird sie gebrannt. Und später glasiert und bemalt.
So, liebste Emily. Nun darfst du langsam wach werden.

Du bekommst was Leckeres. Aber vorher zeig ich dir was. Da wirst du staunen. Ich hab's geschafft.
Du bist jetzt ein Kunstwerk. Schau doch mal. Gefällst du dir?
Emily, du, werd doch wach.
Emily, was ist?
Emily ...

Emily sagt Lebewohl

Ach, Pia! Da stehst du nun, eingepackt in deinen dicksten Pullover, und schaust zum Deich hinauf.
Der Herbst ist gekommen, bald werden die Herbststürme beginnen.
Und du wirst immer noch traurig sein. Und es ist ja so, das Leben hält viel Traurigkeit für uns bereit. Das Leben ist aber auch schön. Das Leben ist schön und traurig. Da muss man dann eine Balance finden. Das wirst du schon hinbekommen.
Pia! Ich fand es so schön, wie du den Kindern von uns und unserer Freundschaft erzählt hast.
Da staunst du aber, was? Ja, ich weiß Bescheid. Du hast unsere Geschichte aufgeschrieben. Du bist nach Travemünde gefahren und hast den Kindern unsere Geschichte vorgelesen. Und du hast geweint dabei.
Ach, Pia! Nun bin ich da wo dein Bastian ist. Weißt du das überhaupt? Ja, ich glaube, du weißt es.
Aber du weißt auch, was für eine garstige Möwe ich bin. Ich büxe einfach aus und komme zu dir heruntergeflogen. Und dann setze ich mich oben auf das Dach, dorthin, wo mein Lieblingsplatz war. Und erzähle

dir Geschichten von den Wolken und vom Meer.
Du wirst mich sehen und hören können. Und ich dich. Pia! Wir hatten eine so schöne Zeit. Denke nur immer daran, dann wird die Traurigkeit vergehen.

Mit Illustrationen von Eike M. Falk